「神話のメモワール」

―僕は神話の横顔に触れたのかもしれない―

松浦要蔵
MATSUURA Yozo

文芸社

おそらくあの日から、私は自分の「魂」を見失ったのだろう。

今私は、その「魂」を取り戻し、その「魂」自身が私の人生を遡って、ある特別な女性との遠い想い出の中から紡ぎ出してくる神話のようなものを、ここに書き残しておこうと思っている。

私は、あらゆるものの背後に、結局は私の魂があるということを、学ばねばならない。私が世界のすみずみまで歩いたとしても、最後には、私の魂を見出すことになるのだ。

何よりもかけがえのない人たちでさえ、探し求める愛の目標や目的ではなく、彼らは私自身の魂の諸象徴なのだ。

友人たちよ、どのような孤独に向かって私たちは昇っていくのか、言い当ててごらん。

『赤の書』第一の書　第二章　魂と神

―カール・グスタフ・ユング―

目　次

○ 人間の「魂」

この宇宙に、もしそれがなければその宇宙すらも存在しないのかもしれない人間の心以上に、奇跡的なものなどあるだろうか。

人間が「自我」というコンプレックスを中心に持つ意識というこころ、つまり「自我意識」によって生きているというのは誰の目にも明らかだろう。

しかし、現実世界からの刺激という信号によって、常に書き換え続けなければ消えてなくなってしまいそうな、そんな途切れ途切れの「意識」のはるか下方の深層に、もう一つの別のこころ、すなわち無意識というこころが、広大な宇宙のように泰然と拡がっているとしたらどうだろう。

もし、風に吹かれて膨れ上がったような「自我意識」だけを頼りに生きている現代人がそのことを合理的に理解したいのなら、「無意識」とは、つい最近蛇にそそのかされたイブが「善悪の知識の木の実」という禁断の果実を食べてしまったばかりに生まれた「自我意識」に先立って、少なくとも数百万年をかけて地層のように積み上がってできた、人類共有の原初的な脳皮質なのだと考えればよいだろう。

それは、人類が猿に近い状態からホモサピエンスに進化する過程で、悠久の時間の経過の中で善も悪もなく体験したあらゆる物事が、その果てしない哀歓とともに生成と開花と凋落のリズムを経て、人間の脳内で結晶化するようにして刻み込まれてきた心的宇宙なのだ。

人類にとって進歩と発達は否定しがたい理想だが、我々人類は、持って生まれたその太古の骨を完全に抜かれることは未来永劫、絶対にないのだろう。

しかし今となっては、それはただ人間の脳の奥深くに隠され、物理的に存在しているだけのものに成り下がったのかもしれない。残念なことに我々現代人の「意識」は、その「無意識」という無限の可能性を持った心的宇宙から引き裂かれ、一人寂しく孤立してしまったようなのだ。

だがどんな人生にも幾度かは、そんな「無意識」から産み出された、したがって自分が考えたのではない個人のものではないものが、勝手に「意識」に侵入してくる瞬間が訪れてくる。はるか古(いにしえ)より、あらゆる文学、哲学あるいは宗教的な回心(かいしん)において描かれてきたのは、その瞬間についてだと言っても過言ではないだろう。

　そうしていつの頃からか人間は、『その瞬間、たしかに私は自分の「魂」に接触したのだ』と主張するようになったのだ。

「魂」とは「無意識」という心的宇宙の住人であり、「意識」との間をつなぐ使者であり、自らを語らない「無意識」の最も重要な代弁者だ。ひょっとすると「魂」と「無意識」の関係は、「自我」と「意識」の関係と相似形をなしているのかもしれないが、いかんせん「魂」は言葉を知らない。

「魂」が「無意識」から生まれた何かを伝えるのは、言葉によってではない。

「魂」はイメージや観念や精神を駆って、感情や情緒や情念を引き連れながら人間の「意識」にやって来て、その何かを伝えてくる。

「魂」は人間に対して親和的にも反抗的にも振る舞う。

　からかい好きで善も悪も関係なく生きることを求めてくる「魂」が、イブをそそのかした蛇のように振る舞うならば、それは人間にとって由々しい問題だろうが、それにも増して最も辛いのは、人間がその「魂」との関係を断たれてしまうことに違いない。

それは人間にとって生きながらの死であり、少なくとも神性との完全な断絶を意味する。

そしてそんな「魂」との関係を失いかけている現代人には、神話はその姿を現してはくれないものらしい。

一　神話を探して

人生が日の出から日没までだとするなら、今私の人生時計は、おそらく午後三時過ぎあたりを指し示しているのだろう。

そして最近ようやく、『神話とは現実の出来事ではなく、人間の「意識」の光が届かない「無意識」という心の深層で産み出された出来事の現実世界への投影である』という意味が、少しわかりかけてきている。

悠久の歴史の中で神話は、「無意識」という心的宇宙から「魂」の媒介によって、繰りかえし人類の「意識」に自律的に現れ、世界中で多くの類型的なモチーフを伴いながら物語となってきた。このことは、全ての人間の「無意識」に確実に存在する人類の「魂」が、神なる自然によってそのようにはたらくよう創られているという心理学的な事実に過ぎない。

結局神話とは、人類の「魂」によって無意識的に語られた物語なのだから、それについて現代人の意識的な理性が、いかに不合理だと異を唱えたところで無駄なことだろう。

まして人類の「魂」には善も悪も無く、道徳という概念すらも無いようなのだから。

そしてもし、人間の「意識」がその人生の真の意味と目的に到達することができるとするなら、それは少なくとも地位や名声や財産を獲得したときではなく、まして便利さという進歩を手にしたときでもなく、唯一自分自身の神話を体験した瞬間のみであるというのは、どうやら人間の心の歴史に記されてきた揺るぎない事実らしいのだ。

なぜなら神話の体験とは、自分の中に在る人類の「魂」との奇跡的な接触であり、その瞬間人間の「意識」は人類全体の懐に抱かれたような安らぎと感動で満たされ、人間を時間も空間も因果律も超越した何か別の存在にしてしまうものだからだ。

時空を超越すれば死もない。あらゆる物事の結果が原因によるものでないなら、何ら悔やむことなく物事の結果だけをありのままに受け容れればそれでいい。人間の「意識」の考えがどうであれ、「魂」は常にそのことを神話的なイメージの力を借りて、人類に伝え聞かせてきたのだから。

もしあの『オウィディウス　変身物語』に登場するピレモンとバウキスのように、運良く夫婦で共通の神話を生きて、そして一緒に死ねるなら、「さようなら、妻よ！」「さようなら、夫よ！」と言い交わしながら、互いの死ですら無上の喜びに変えて迎えることができるに違いないのだ。

ちょうど二年前、私は四〇年間勤めた企業を退き、その先にあるはずの自由で豊かな余生という幻想を抱きながら、人生という舞台を下りた。

そして今、この世界のどこまでも広がっている空虚を目の当たりにしながら、そこに鳴り響いている午後三時の鐘の音をなすすべなく聞いている。

人生とは夢のようなものだ。この陳腐な表現をより本質的に理解したいなら、心理学者ユングの非凡なメタファーを借りるのがよい。

どうやら人間の「意識」とは、人生という舞台の上で自分がある役を演じているのを忘れてしまった俳優のようなものらしい。

遠くヨーロッパの中世に遡れば、自分が国王という役を演じているということをまるで忘れてしまって、「国家、それは朕なり」と言った男もいたようだが、まさか同じような男が三五〇年以上を経た二一世紀の現代のロシアにも現れるとは、一体誰が予想できただろう。

結局誰であれ人間は、人生という物語の舞台上で与えられた配役を、てっきり自分そのものなのだと勘違いして生きているようなのだ。そしてどんな人間にもいつかは仕事という社会的役割を退くときがやってきて、その大舞台を下りるとき、初めてその勘違いにはっきりと気づかされ驚く。

一体今まで自分は、何をしていたのか、はかない邯鄲（かんたん）の夢のように、自分は自分ではない仮面を被って、ある役を演じさせられていただけではないだろうかと。

いつか人生の芝居は、必ず終わりのときを告げる。

そのときふと我に返って呆然と立ち尽くしている暇はない。なぜなら普通の場合まさにその瞬間から、ヒタヒタと迫り来る死というものを迎え入れるために、自らのずっしりとした「魂」の全質量を引きずりながら、本当の自分を探す旅に出かけなくてはならないのだから。

そのような状況におかれたとき、なぜか人間の「意識」が持つエネルギーは自分自身の神話の源流を探し求め、重力に従うようにひたすら過去に向かってその急勾配の坂をスルスルと滑り落ちていく。

そうして遠い過去の記憶を辿るうちにやがて、自分のようなごく普通の人間にも光と闇、陰と陽という対極的なものが分かちがたくもつれ合う人生を賭した神話があって、実はその物語の劇中で自分自身が、意味深い役回りを演じさせられていたのだと気づかされることになるのだ。

二　廻り道

とにかくそのことを書き残しておきたいという衝動は、二〇二二年四月のある朝、テレビで母校の入学式を伝えるニュースを見ていたときに突然やってきた。

母校の優秀な新入生たちが希望に満ちてインタビューに答えるのを聞きながら、私は過去の自分を重ね合わせたような懐かしさに浸るはずだった。しかし彼らが口を揃えて、「ここで人脈を作って、将来は起業を目指します」という木で鼻をくったような発言をするのを聞いたとき、その懐かしさなどはどこかに吹き飛んでしまっていた。

そして若い彼らの「意識」に侵入して思考停止させている流行病のようなもの、まるでそれが人間の「意識」にとっていかに心地よいかを熟知しているかのように、人生をただ一つの価値観で生きさせようとする時代の精神のようなものを感じずにはいられなかった。

そのときだ、突然私の中で、ある別人格の感情としかいえないものが叫び声を上げた。

「そうじゃないんだよ君たち、人生はそんなふうに真っ直ぐ進んじゃいけないものなんだよ!」

その一瞬の感情を敢えて言葉で表したなら、そのようなものだったろう。

私がそのように感じたのは、大学時代に偶然出会ったある女性のことを思い出していたからに違いない。その彼女こそ、私の人生に真っ直ぐでない摩訶不思議な廻り道をもたらした張本人だったからだ。その廻り道の物語をこれから始めるに当たって、なぜ摩訶不思議などというまるで緊迫感のない表現しかできないのかと言えば、大学時代に偶然始まり、私の人生に用意されていたはずの真っ直ぐで平坦な道から分岐していったその廻り道が、明らかに元の道に戻れなくなるような危ういものだったという確かな結論だけが深く胸に刻まれているのに、その危うさのときどきの生々しい記憶が失われてしまったからのようだ。

その記憶の中には、彼女との出会いがもたらした情熱的な喜びだけでなく、その情熱の破滅的な危うさや、人間の身勝手さ、欺瞞、不道徳、嫉妬や憎悪といった多くの受け容れがたい罪や悪の断片が含まれているに違いないのだが。

どうやら私の「意識」は、それらの断片を永い時間をかけてゆっくりと自分の無意識というこころの奥深くに沈澱させ、弱毒化してしまったようだ。

人間は人生の午後深くに入ったとき、初めて本当にわかることがある。

それは、この世界は善人と悪人、あるいは善良な市民と犯罪者が統計的に正規分布しているのではないということだ。

そうではなく善と悪、神性と悪魔性、無条件の愛とその対極物――あらゆる嫉妬、蔑み、偏見、憎悪――そうした光と闇の対極的な部分が、一人一人の人間の心の奥深くに正規分布的に同居していて、それらが毎日振られるサイコロの目によって無邪気に顔を出すというのが真実なのだ。だからといって、少なくともそんな人間に独裁的な国家権力を与えさえしなければ、それほど絶望することもないだろう。

罪や悪の闇があるからこそ人間は奥深い。

闇こそが光の棲家であり、闇の中にあってこそ光はその本当の輝きを現す。

光と闇は、もとは一つであり、お互いを分かちがたく求め合っているのだ。

今さら私は、人間の美しいだけの物語――それは常に欺瞞に満ちた人間の「意識」の大好物に違いないが――を描こうなどとは思っていない。

むしろそのような闇の部分をも人間の生に必要なものとして受け容れ、できる限り視界から消さぬようそっと安置したまま、淡々とこの話を進めていこうと思う。

そして全て書き終えたとき、黄昏どきの沈みゆく太陽に手を合わせ、静謐な祈りを無心で捧げる、『十牛図』第七の牧人のようになっていたら、どんなにか幸せだろう。

三　五右衛門坂上「Misty in love」

一九七七年の春、私と同郷の林田は、普通なら大学三年生となって本郷キャンパスに移ってくるところだったが、ともに教養学部での成績が振るわず希望の学部に進めなかったため、一年の留年を決めていた。本来なら今まで通り、小田急線の梅ヶ丘から駒場キャンパスに通えばそれでよかったのだが、本郷キャンパスの雰囲気を味わいたくて一足早く文京区の白山に移り、そこで家賃六万円ほどのアパートを借りて一緒に住むことにした。

あれはちょうど初夏の頃だったと思うが、私たちはその当時まだ本郷の路地を入った辺りにあった古びた銭湯に二人で行った帰り、夕涼みがてらタオルと洗面器を手に、白山通りに下っていく、その昔五右衛門坂と呼ばれていたらしい広い坂道をぶらぶらと歩いていた。

するとふと、小さな門灯が灯された一軒のスナックバーが目に留まった。

ちょうど風呂上がりで喉が渇いていたこともあり、安い居酒屋のコンパしか知らなかった私たちは勇気を振り絞って、ちょっとした夜の冒険を求めてそのスナックの扉を開けたのだ。

カランコロンとドアベルが鳴って中に入ると、間口四メートル足らずのその店のカウンター席には二、三人の客がいたように思う。

私たちは少し緊張して遠慮がちに、四つほど置かれていたテーブル席の一つについた。

カウンターの中を覗くと、私たちとほぼ同年代に見えるショートヘアーの女の子が、日本人離れした彫りの深い顔立ちのママらしい年上の女性と何か話をしていた。

私たちはメニューを見て相談し、所持金に唯一見合いそうな飲み物を選ぶことにした。

少しびくつきながら林田が「すいません」と声をかけると、その女の子がテーブル席のほうにやってきた。「ジンライムを二つお願いします」と伝えると、その女の子は洗面器を抱えた私たちをちょっと見て、クスッと笑ってカウンターの中へ戻っていった。

私たちは緊張してどこかうわの空だったが、平静を装ってちびちびとジンライムを飲みながら三〇分ばかり過ごしたと思う。その途中女の子がカヨちゃんというのだと知った。

やがてお勘定という運びになったが、ここでちょっとした事件が起きた。請求された金額が所持金をかなり超えていたのだ。

いわゆるぼったくりの危ない店に迷い込んでしまったのではという恐怖が一瞬頭をかすめ、私たちは焦って口を揃え、怯えるように小さな声で言ったと思う。

「あのう、すいません。お勘定ちょっと多くないですか？」

それを聞いたママらしき女性はしばらくカウンターの中で伝票を確認していたが、すぐに顔を上げると破顔一笑、「ゴメン、ゴメン、間違えたみたい。ビックリした？」と何ら悪びれることもなく言ってきたので、私たちはすぐに胸をなでおろした。

彼女は私たちが田舎から出てきて近所に下宿する初心な東大生だとすぐに見抜いたのだと思う。お勘定が終わると、「あなたたち、この近くに住んでるの？　気が向いたらまたいつでも遊びにおいでね」と、何事も無かったように笑って送り出してくれた。

このちょっとした夏の夜の冒険がもたらした偶然が、このスナックの女主人だったみすずさんとの最初の出会いだった。そしてその店の入り口には、明るい薔薇の色で「Misty in love」という洒落た筆記体の英文字が浮かび上がっている看板が置かれていた。

その入り口が、その後私と彼女がともに歩んだ不思議な廻り道に迷いこんでいく最初の入り口だったのだとするなら、彼女が名付けたその店名は、それなりに意味深い何かを暗示していたのかもしれない。

しかしその後もずっと私は、その店名の意味など深く考えることもなかったし、そんな私が彼女の店を同年代の気の合う悪友たちを呼ぶような気軽さで、「ミスティンラブ」という通り名で呼ぶようになっていったのは、ごく自然なことだったのだろう。

四　大人への扉

その後私と林田はミスティンラブに頻繁に顔を出すようになっていった。週一回が週二回になり三回となり、ついには定休日の日曜以外ほとんど顔を出すようになるまでに、それほど時間はかからなかったと記憶している。私たちにとって、とにかくそこは新鮮で心が躍るような社交場だった。

人生ではひょんなことで大人への扉が一気に開かれることがある。最初の頃、私たちが気軽に話せたのは雇われマスター的な存在だった芝木さんだったが、後になって芝木さんが大学の八年ほど先輩なのだと知ることになった。飲むものといえば、すぐにジンライムから卒業し、ビールや水割りへと変わっていき、やがて親から仕送りをもらう大学生の分際にもかかわらず、それが一人前の男の証明だとでもいうように、オールドのボトルキープまでするようになっていった。

ミスティンラブにやって来る客は私たちのような学生だけでなく、大学病院の医局のドクターだった京田先生や菊村先生、すぐ近くにあった、医療機器のF社のサラリーマンだった小倉さんとその部下の千田さん、有名家電メーカーSo社の久慈さん、近所の自営業の大須さんなどの社会人が常連だった。

京田先生や菊村先生は、いつもどこかの行きつけの居酒屋で一杯ひっかけた後ミスティンラブにやって来て、彼女にわざと悪態をついてはこっぴどい反撃に遭うのを喜びにしながら、芝木さんと碁を打つのが日課のようになっていたし、いつも優しい表情を崩さなかった千田さんは、一人で来るとよくカウンターで静かにギターを弾いていた。

私はといえば芝木さんによく将棋の相手をしてもらっていた。

また大学の二年ほど上で、その当時ちょっと名の知れたアングラ劇団で俳優をしていた斉木さんという異彩を放つ先輩がたまに顔を出して、よくみすずさんと演劇について熱い口論をしていた。

とにかく毎日来ているといろんな人と出会い、次第に話をするようになり、田舎から東京に出てきて、都会でポツンと独り暮らしをしていた駒場時代の狭い均質な世界から一気に解放されたようだった。

しかし何と言ってもその年代の若者が最も解放したいと欲する世界は、女性との関係性という世界だったに違いない。高校時代に初恋をしてピュアに付き合った経験はあったものの、七つ年上のみすずさんやカヨちゃんとの都会の大人びた会話ほど、私をワクワクさせるものはなかった。後になってカヨちゃんが辞めると、みすずさんがどこで探してくるのかわからなかったが、都内の有名女子大の女の子が何人か日替わりでアルバイトをするようになった。

高校時代を新宿で過ごしたらしい彼女自身も都内の私大の多分、仏文科を卒業した後、新宿や六本木辺りの店でアルバイトしていたようだったが、それに対して私たちはまるで東京を知らない田舎者だったし、今思えばそんな田舎の若者に、あれほど彼女が好意的に優しく接してくれたことはとても不可解なことだった。ひょっとすると、とにかく彼女は故なく赤門に通う若者が好きだったのかもしれない。それ以外にそのことを説明できる理由は思い当たらないのだが、なぜ彼女がそのようになったのかは今もって謎のままだ。

五　愛すべき悪友たち

そんな感じで一九七七年は過ぎていき、次の春が巡ってきた。私と林田はそれぞれの望む学部に進学し、晴れて本郷キャンパスに通うようになった。その頃の生活を一言で表現するなら、大学の講義と麻雀、そして何はともあれミスティンラブだった。

ほぼいつも深夜二時の閉店になるまでたむろしていた私たちは、店が終わると麻雀好きな彼女に誘われ、芝木さんや他の大人の客を交えて、お金のない学生にはちょっとした度胸が試されるような徹夜麻雀をするようになっていた。メンツが決まると、彼女は近所の顔見知りの、徹夜できる雀荘のおばさんに、嬉々としながら電話するのだった。そして夜が明けるまで麻雀に熱中し、終わると空腹の私たち学生は決まって、五右衛門坂の途中にある、コンビニなどなかったその当時には珍しい早朝から開いていた店で、冷めた弁当を買い、朦朧としながらアパートに帰って行った。

徹夜麻雀をしなくても、概ねこんな感じで二人とも夜更かしをしていたので、当然朝は遅くなる。午前中に特別重要な講義がある日を除き、一〇時過ぎに起き、一一時過ぎにミスティンラブの隣にあった「リトルアワーズ」という喫茶店で、朝食兼昼食のオムレツとサラダ付きのトーストセットで空腹を満たした。その喫茶店は四〇代前半と思われる姉妹とその母親が経営していて、私たちはそこでも親切にされていたように思う。そして食べ終わると五分ほど歩いて、昼過ぎ頃に大学へ行くような生活が基本だった。

二人とも学部で新しい友達ができ、そうなると次にやることといえばやはり麻雀だった。早いと午後三時前に講義が引け、三々五々学部地下の控え室にメンツが集まり、大学正門前にあった「碧」という雀荘に行くのがお決まりのパターンだった。飽きもしない学生同士のこまめな点棒のやりとりが続き、小腹が空くとお金のない若者らしく誰かが、「お姉さん、焼きそば」と言って注文する。するとオレもオレもと続くことになる。やがて当時みんなが「碧のお姉さん」と呼んでいた女性がちょっと微笑みながら、ペヤングのカップヤキソバをお盆に載せて運んでくるのだった。あの当時カップヤキソバが癖になるきっかけとは、だいたいそんなものだっただろう。しかし結局のところ、多額の場所代がかさんで、いつも勝つのは「碧のお姉さん」、つまり雀荘だったのである。

また私と林田が午前中の講義をサボってアパートでゴロゴロしていると、午前の講義を終えた林田の学部友達の松田と西永からよく、今リトルアワーズにいるので来ないかという電話がかかってきた。当然ながら私たちには、そのような誘惑をきっぱり断って午後の講義に出るという選択肢はなく、すぐにリトルアワーズに出向いて行った。

西永はその頃流行りの東映の任侠映画に影響されていたようで、何かにつけ「○△×じゃけぇのう」と言っては悦に入っていた。松田はといえば、その当時流行っていた山上たつひこの『がきデカ』という漫画に毒されており、何かにつけ「あ、キョン！」と他愛のない奇声を発しながら、世の中の全てが面白くてたまらないといった感じで早口でしゃべる明るいムードメーカーだった。そして私たちは小一時間ほど無邪気にふざけ合った後、まるで残された生きる時間は少ないからとでもいうように、誰から言うのでもなく行きつく先は「碧」だった。

麻雀の最中も飽き足らずに、西永は「われぇ、なんぼのもんじゃあ」などと叫びながら危険牌を切っては放銃していた。そして夕方六時か七時過ぎまで麻雀に没頭し終わると、都内の自宅から通学していた松田と西永は空しさと寂しさを背中に漂わせながら家路につき、勝っても負けてもお金の乏しい私と林田はミスティンラブに向かった。ここでも私たちにはレポート提出期限が近いとか、よほどのことがない限り、アパートに帰って勉強をするという選択肢はなかったように思う。

基本的にはだいたいこんな感じで交友関係は広がっていったが、麻雀が終わった後、次第にミスティンラブにやってくる友達が増えていった。まず白山近辺に下宿していた私と同学部の川野や加賀、同郷の村田や山下がやってくるようになり、自宅通学組としては、やはり私と同学部の瀧内と高山が入り浸るようになった。たしかその後、瀧内と高山はミスティンラブでバイトしていた同年代の可愛い女子大生にアタックして、外でデートをするまでになっていたと思う。

卒業後三〇年以上経って瀧内と再会するようになったときに聞かされたのだが、彼の言によれば――私にはまるで記憶にないのだが――瀧内を最初にミスティンラブに無理矢理引っ張っていったのは私とのことだった。居心地の良い夜の居場所を知ってしまった彼は、その後神奈川の居心地の悪い（？）自宅を出て白山に下宿するようになり、そうなるとますますミスティンラブにやってくる頻度が増えていった。

そして私にとっては瀧内が悪友だったように、まるでそんな自覚はなかったが、彼から見れば私は悪友だったようだ。

しかし彼は私とは違い、どんなに生活が乱れても学業がおろそかになることのない真の聡明な東大生だったと思う。つまり彼は、ずば抜けて頭が良かったのだ。

みすずさんはといえば、そんな決して裕福とは言えない学生たちが集まってきて、彼女の店の一時代を次第に築いていくのをまんざらでもなく見守りながら、いつも機嫌良く私たちを迎え入れてくれていた。

六　理性とは違う智恵

そうこうしているうちに日々は過ぎていき、秋が近づいた頃だったと思う。同居していた私と林田の関係が一気に悪化し始めた。今考えればそれはどちらがどのように悪いとかいう問題ではなく、ごく当たり前のことが私たちの間にも起きたに過ぎなかったと言えるだろう。梅ヶ丘にいた頃は同じ下宿でも別々の部屋だったので特に気にもならなかったが、同じアパートに同居となるとまるで事情が違っていた。つまり血気盛んな二人の若者の間にプライベートな空間がほとんどない上に、何かと生活のペースが合わなくなり、イライラが募り爆発寸前になっていたのだ。

いつの間にかミスティンラブにも二人一緒ということがなくなっていった。異常に勘の鋭い彼女はそのことを敏感に感じ取っていたに違いない。あるとき私がまだ外が明るく開店直後の客のいない店で、一人カウンターで不機嫌そうに飲んでいると、突然カウンターの中から話しかけてきた。

「林田とはうまくいってるの？」

「う、うん……」うまくいってないんだと言いかけた言葉を、つまらない男のプライドのようなものが反射的に中断させたように思う。そのときの私の表情は一瞬、同居する二人の若者の危険な状況をあからさまに物語っていたに違いない。

彼女はこんなことは過去に何度でも経験したことがある、ごくありきたりのことなんだとでもいうように、いつになく優しい口調で諭してきた。

「ねぇ松浦、知ってる？　この世で一緒に暮らせるのは男と女だけなんだよ」

その意味は理解できても本当にはわかっていなかった私が一瞬沈黙すると、間髪入れずに逆らえないような強い口調で、「すぐ別居しなさい」と命令してきた。そして私の同意など関係ないという感じで、気がついたら既に旧知の不動産屋の横尾さんに電話をして、二人分の下宿先の依頼をしていた。

大学生だった私はそれをただ唖然と眺めているしかなかったが、そのとき初めて、大人の女性の、理性とは違う智恵と男の心を瞬時に見透かす魔法の力のようなものを垣間見たのだと思う。それはそれまで私が生きてきた環境の中には一度も存在したことのない、見たこともないものだった。別の表現をするなら、私はそのときから、自分の無意識というこころに生まれつつあった何かの観念を、彼女に投影し始めたのかもしれない。それはおそらく、気の遠くなるような太古の昔から人類の男どもの「無意識」に繰りかえし刻み込まれてきた、女性というものに対するあらゆる神秘性をまつわらせた観念だっただろう。

そうしてやがて私が彼女に対して、それまでに経験したことのない強い愛着の情を抱くようになっていったのは、ごく自然な流れだったに違いない。

こうして私と林田はものの一週間もしないうちに白山のそれぞれ別の下宿に移り、別居した。一人住まいのお婆さんがやっていた私の下宿は、階段を上がってすぐの六畳一間だった。ドアを開けるとすぐ横に貧弱な流し台と古いガスコンロがポツンと置かれていた。

そんな心許ない自炊道具でも、その後私は月末でお金がなくなれば、何とか飢え死にしないようにスーパーで買った、安価な食パンやうどんなどの炭水化物を調理して食いつなぐことができたし、やはりいつも金欠のようだった高山はよほど行くところがなかったのか、当時付き合っていたガールフレンドを連れてやって来て、そこで何か料理を作ってくれたこともあった。

私が食べ物というものに一切の興味を失うようになったのは、おそらくこの時代の食生活が原因なのではないかと思う。この時代の私の唯一のグルメといえば、大学正門の近くに下宿していた九州出身の加賀がまる一週間ほどかけて、香辛料から煮込んで作った絶品のカレーを食べさせてもらうことぐらいだっただろう。

一方林田は加賀の誘いで、本郷三丁目の和食の店に別の心地よい居場所を見つけたようだった。思えばあの時代、私たちは結構強引でずうずうしくたくましかったし、本郷界隈では学生は大事にされていたのだと思う。その後林田はミスティンラブにやってくる頻度が次第に減っていったが、私はといえばますます、ミスティンラブと、そしてみすずさんに深入りするようになっていった。

七　感情と思考の関係

一九七八年の秋も深まっていき、私は卒業まであと一年半を残すばかりとなったが、生活スタイルはまるで変わらなかった。この頃になるとミスティンラブは、私の学部の悪友たちでますます占められるようになっていた。彼女は相変わらず大人の客には、正規料金より高めのお勘定を情け容赦なく払わせ、その分私たち学生には甘かった。あるときなど私と高山は何かにやたら意気投合して、夕方六時から深夜一時過ぎまでいて、二人で中瓶のビールを四〇本ほど空けたことがあった。普通ならお勘定は一人一万円以上は軽くするはずだったが、私たちは五千円余りしか支払わなかったと記憶しているので、彼女は相当手心を加えてくれていたのだと思う。

今思えば大人の客にとってミスティンラブのお勘定はその日の彼女の気分次第、その当時の寿司屋の時価のようなものだっただろう。

またしばらく店に顔を出さない大人の客の中には、彼女に許された私たち学生の餌食になって、キープしていたウイスキーボトルを空にされてしまった人もいた。

つまりちゃんとお金を払う大人の客は故なく冷遇され、お金を払わない若者には天国のような場所だったのだ。それでもやって来る常連の大人の客は、独裁的でかなり理不尽な彼女のルール——それはつとに、客のほうが彼女の感性に適わなければならないということだった——に従うことに他の店では味わえない新鮮さと妙な喜びを感じるようになった、筋金入りのミスティンラブファンだったのだと思う。

そんなわけでミスティンラブは、商業ベースにきちんと乗ったスナックとはお世辞にも言えない苦しい経営状況だったはずだが、それがまた私たち学生の居心地を良くするのだった。

そして客がなかなか来ないときでも、彼女はいつもシャンと胸を張って洋モクのラークをくゆらせながら、「武士は食わねど高楊枝よ！」と妙な見得を切っていた。

彼女の店は六本木辺りのきらびやかなスナックとまではいかないまでも、それなりに洗練された落ち着いた店で、開店には内装も含めて一千万単位のお金がかかったようだし、その後に二度ほど大きな改装もしているようだった。お金には無頓着で、筋の良い気の合う客しか相手にしないのを趣味のように楽しみながら、放漫な経営をしている二〇代の彼女が、どこからそんな資金を手に入れたのかは大きな謎だった。

　私は実家からの仕送り七万円ほどと家庭教師の不安定な収入三万円足らずで、下宿代含めて何とか凌いでいた。しかし月末になると決まって金欠になり最悪食べることも厳しくなると、彼女に甘えてツケで飲み食いさせてもらっていたが、そんなときでも彼女は嫌な顔一つ見せることはなかった。

　故郷の実家を離れて一人東京で孤独に暮らす私にとって、彼女とミスティンラブは家族であり家庭であり、心強いコミュニティだったと言える。

　夜遅くまで家庭教師のバイトをした後でも、あるいは合コンなどで盛り上がった後でも、そして時にはその合コンで知り合った女の子とデートをした後でも、私が一日を終えて必ず最後に帰ってくるのはミスティンラブという〝東京の実家〟だったのだ。

　そんな私も、湘南の自宅から通学していて、終電間際になるといつも慌ただしくお勘定をして帰って行った高山の図太さには舌を巻いていた。彼は私と違って頻繁なデートのためにいつも金欠だったため、それほど彼女との面識が深くもないのに私に倣って、「みすずさん、今日はツケでお願いします」とずうずうしく頼み込んでいた。さすがの彼女もこのときは、ふざけ半分のときにいつも使う、ちょっと舌足らずな声色で、「タカヤマ、テメェコンナロー、ざけんなよー」と、おどけ半分で軽くパンチを食らわせるような素振りをして叱っていたが、結局高山はツケを許してもらっていた。

言うまでもなく彼女の好物は若く穢れを知らない「魂」に違いなかったが、彼女は優しいだけの聖母マリアでは決してなかった。少なくとも彼女は、私たち学生に示した無条件の愛と同じだけの憎しみを、周囲を照らす明るい光と同量の闇を同じ心に同居させていた恐ろしいマリアでもあったのだと思う。

そして彼女ほど感情や情緒的なイメージで溢れかえっていた女性はいないだろう。

当時の私にはそのような内面的な感情やイメージを逐一捉える繊細な感覚機能はなかったものの、リアルな人間像としての彼女の仮面の下にそういったものを垣間見る瞬間があったことも確かだ。

彼女には、津波のように押し寄せてくる自分の感情によって自分を制御できなくなる傾向があった。おそらく普通の人間ならそんな感情の津波で砕け散ってしまうところ、彼女の理性はすんでのところで何とか持ちこたえているという危うさが見え隠れしていたように思う。

一方で、普通の人ならビクついて気が動転するようなピンチにおいて――いやそのようなピンチになればなるほど――氷のようにクールになれる傾向が背反的に同居していた。

制御不能の感情の爆発は、たまに訪れる傲岸不遜な客を除けば、マスター見習いの芝木さんのちょっとした不手際にその矛先が向けられることが多かった。ミスティンラブに入り浸ってその本当の原因を知っていた私たちは、いつも身を低くしながら、その嵐が過ぎ去るのをジッとやり過ごすしかなかった。なぜ身を低くするのかといえば、危険な凶器、例えばグラスやアイスピックが飛んでくることがあったからだ。

そうかと思えば、まれに店に迷い込んできた歓迎されざる酔客、すなわち彼女の絶対的ルールに反して下品で猥褻なことを言う客や、大声で暴れたりする客をレッドカードで一発退場にするときの彼女の態度は、全くたじろぐことのない冷静沈着なものだった。

いよいよ最終段階で本富士警察に電話で通報するときのあのクールな横顔が今でも思い出されるが、同時にそれは、血気盛んな私たちが妙な義侠心で加勢して一生棒に振るようなことを万が一にも許さない、智恵と愛情にあふれたクールさでもあっただろう。

確実に存在する彼女の「魂」は、人一倍感情機能の豊かな彼女の「意識」にも受け止め切れないような感情の津波をもたらすこともあれば、他方彼女の「意識」が窮地に瀕したときには、理性とは違う智恵と腹の据わった精神をもたらすようだった。

私はといえば生まれて以来それまで、人間は「自我意識」の持つ合理的な思考の力によってのみ生きる理性的なものであるべきだという、今思えばかなり脅迫めいた教育を受け続けていたせいか、感情を劣等で劣悪なものと見なして「意識」から締め出し、「無意識」の深みに抑圧しようとする傾向が強かったと思う。

そんな私にとっては、彼女が非合理で理不尽で感情的な、そして少しばかり虚言癖がある女性に見える瞬間があったことも認めざるを得ない事実だ。

彼女にはどこか、自分の左手が勝手に話す虚言を右手では本当に信じているといった、少しばかり厄介なところがあったように思う。

世間一般では、思考機能だけを偏って発達させた理性的な男性と、感情機能が高度に分化した女性が対面すると、お互い失望して相手に中身がないとか、無味乾燥だとか思うというようなことがそこここで起きているようだ。

私と彼女がそのようなよそよそしい乾いた関係にならなかったのは不思議なことだったが、おそらく私のまだ若くてしなやかな、発展途上の「意識」が、自分の感情を閉じ込めていた無意識というこころから、「魂」の力によって未だにしっかりとつなぎ止められていたからだろうと思う。

八　異常な愛

そんなわけで、まだ客のいない早い時間によく顔を出すようになった私は、彼女と二人きりで親密な話をすることが多くなっていった。

彼女は狭いカウンターの中の小さな椅子に掛けながら、様々な話をしてくれた。何を話していたのか逐一思い出すことはできないが、おそらく他愛もない話がほとんどだったのだろうと思う。

そんな中でなぜか、私に対しては気を許していた彼女が語った奇妙で印象深い話がいくつか記憶に残っている。奇妙に思えたのは、若く人生経験の少ない私には、その話の真偽がまるで判断できなかったからだろうと思う。

彼女はあるときふと、こんな話をした。

自分は人が死ぬのは悲しくない、だけど動物が死ぬのだけは耐えられない、悲しくて涙が止まらなくなるんだと突然話し始め、次のように続けた。

「小学生の頃だけど、私にずいぶん優しくしてくれる男の先生がいてね、あるとき、その先生が自転車に乗って家にやって来て、私をどこかに遊びに連れ出そうとしたんだよね。家族はみんなその先生のこと信頼しきってて、でも私は嫌でたまらなかった。そしたら私の気持ちを感じてくれてたんだと思う、可愛がってた犬がその先生に飛びかかって私を守ってくれた。ほんとあのときは救われたよ。それからだよ、人間よりも動物のほうを信用するようになったのは……」

私は一瞬、その先生の異常な情欲めいたものを強く感じ取ったが、若者にありがちなそんな穢れたものなど見たくもないといった態度で、何も答えずに黙ってビールを飲んでいたように思う。

ギリシャ神話のデメテル＝コレー神話の少女コレーのように、野原で水仙を摘んでいたわけではないが、彼女は冥界の王ハーデスに掠われる寸前に愛犬に救われたようだった。

ギリシャ神話では、必死の思いでコレーを救ったのは祖母へカテーの助力を得た母デメテルだったが、そのとき既にみすずさんには救ってくれる母も祖母もいなかったのだと、少し後になってから私は知ることになった。

彼女がその西欧系、おそらくイタリア系の血を受け継いだ母親は、戦後すぐに東京で知り合った、まだ大学生だった九州の旧家の御曹司と祝福されざる結婚をして彼女を産み、早くしてその御曹司だった夫を亡くした後、一人彼女を残してその旧家を出て行ったようだ。

おそらく彼女は、こういった話を私に慰めてもらうためにしたのではない。私が興味本位でそのような話を他人に軽々しく話すような男でないと直感して、ただひとりごとのように聞いて欲しかったのだろうと思う。彼女にとってのそのような役割を担ったのは、決まって私や瀧内や川野といった常連の下宿組だった。我々の役割は、彼女の話を信じようと信じまいと、ただ聞いて、聞き流して、そしてよけいなことを訊かないことだった。

あのころ、私たち三人に共通していたのは、自分とは異なる理解できない物事について、あれこれほじくり返すのが嫌いだったという、ある種の不思議なやさしさのようなものだったかもしれない。

九　子供のこころ

しかしいつもは彼女の話を聞くことが多かった私が、あるとき彼女に次のような思い出話をしたのを覚えている。

私は小学校低学年まで福井市内にあったサンシ荘という、たしか七階建てくらいの北陸電力の社宅アパートに住んでいた。その古いアパートのうす暗い階段を上っていくと、明るい屋上に出る小さな塔屋があって、私は六つ上の姉や友達と一緒にそこから屋上に出て遊んでいた。でも子供というのは常により高いところが好きらしい。その塔屋の壁に貼り付いていた錆びた鉄梯子をさらによじ登った、その塔屋の屋根の上がいつもの秘密の遊び場だった。

その屋根のへりには、すぐにも崩れそうな高さ一五センチくらいの立ち壁しかなかったが、今思えば信じられない危険なそのへりの辺りで、私たちは二〇メートルほど下を歩く人を覗き込みながら、ふざけ合っていた。もしもあのときちょっとでもバランスを崩していたら、今こうしている自分は存在してないだろう。そのときたまたま下から私たちを見上げていたらしい父親から後になって、「あのときは本当に肝を潰した」と聞かされた。戦争のとき中国で何度も命の危機をくぐり抜けてきた職業軍人の父親が肝を潰したくらいだから、それは相当危なっかしいものだったのだろうと思う。


そんな話をした後、ふと、そのときの不思議な感情が蘇ってきた。

「なぜなんだろう、あのとき俺、不安も恐怖も何も感じなかった。そう、今思い出せばまるで、落ちたら死にそうなはるか下を歩く人が現実なのか、心の中の出来事なのか区別がついてないようだったんだ」

そうしてすぐ、次のような考えが浮かんできて彼女に話してみたくなった。

「マンションの高層階から落ちて亡くなったり、大人から見たら信じられないような不慮の事故に遭う子供たちってたくさんニュースなんかで聞くけど、あのときの俺のように何の不安も恐怖もなくて、まるで自分が世界の全てから守られているような安らぎに包まれたまま、神様に召されていくんじゃないのかなぁ」

彼女は黙って聞いていたが、すぐにいたずらっぽい目で私を見ながらからかった。

「松浦っていつもツンとすまして、まるでスフィンクスみたいだけど、意外に純粋で子供なんだね」

「えっ、なんで知ってるの？　実は俺、高校の頃のあだ名、スフィンクスだったんだよね」と私が答えると、やっぱりねといった感じで、彼女は納得していたようだった。

そして少し真面目顔になって続けた。

「そんな子供の頃の優しい感性を忘れないでいるのは、ほんといいことだよ。でもくれぐれも優しさの表現を間違えちゃだめよ、女の子が勘違いするからね」

そのように諭す彼女の眼差しは、弟を見るような微笑を含んでいたように思う。

しかしそんな彼女自身も今でも冗談としか思えない、ある意味子供のような、素っ頓狂な一面を暴露することがあった。

それはある夜、近所にあったF社の課長だった小倉さんがやってきたときに起きたことだった。どうやらその直前に小倉さんは課長から部長に昇格したらしく、その日ミスティンラブで祝杯を挙げようと、部下の千田さんを伴ってやって来たようだった。

最初に千田さんが気を利かして口火を切った。

「みすずさん、小倉さん今度、部長になったんですよ」

そのとき彼女が一瞬見せた怪訝そうな表情は今でも忘れられない。

そしてしばらく間を置いて次のように言い放ったのだ。

「小倉さん、気にしないでいいよ。そんなこともあるさ、またいつか課長になるからさ、もともと私出世なんて興味ないし、気にしなくていいからね！」

当の小倉さんと千田さんは狐につままれたようにキョトンとしていたし、私は彼女が何を言っているのかまるで理解できなかった。そして頭の回転が速い瀧内がすかさず彼女に次のように問いただすまで、そもそもなぜ彼女が小倉さんに妙な励まし方をしているのかもわからなかった。

「みすずさん、もしかして部長より課長のほうが偉いと思ってない？」

それで全ての謎が解けた。謎が解けてみると、あまりに想像を超えたおかしさに私たちは腹を抱えて笑いころげた。

瀧内がさらに追い打ちをかけるように、

「小倉さん、家に帰ってから奥さんにそんなこと言われたら卒倒しちゃいますね」

と茶化すと、私たちはまた大笑いした。

彼女はプイと横を向いて、まるでアウトローのような雰囲気を漂わせながらミントの煙草の煙をくゆらせ、

「私、部活の部長ぐらいしか知らなかったから……」

と悪びれることもなく、うそぶいていた。

概ねそんな感じで、ミスティンラブの夜は過ぎていった。

一〇　私たちの知らない彼女

その当時、スナックや居酒屋などの夜の店では有線放送が花盛りの時代だった。店が暇な早い時間帯、いつも彼女は有線の放送局に電話リクエストして、同じ歌謡曲を何度も繰りかえし聴いていた。そのようなお気に入りは数曲あったと記憶しているが、それらは全て女性歌手の曲で、その時代結構ヒットしていたものだったと思う。

あるとき私が不思議に思って、なぜいつも飽きずにその曲をリクエストするのか尋ねたことがある。しばらく彼女は考え、少したためらいながら誰にともなくつぶやくように打ち明けた。

「この曲、私が作詞したんだよね……」

その頃の私はといえば、大人の女性の情感を歌い上げる歌謡曲の詞を理解できるような感性など、かけらも持ち合わせていなかったと思う。こんなときも訝しく思いながら、真偽の判断がまるでできなかった私は何も訊かず、「えっ、そうなんですか……」と言って、ただ黙って飲んでいるしかなかったが、そのことで彼女が気分を害するようなことはなかったようだ。

あれはクリスマスの頃だったと思う。私と瀧内と川野がいつものようにミスティンラブに〝出勤〟すると、芝木さんが今日はみすずさんが珍しくどこかに出かけていていないのだと言う。

やがて一二時を過ぎた頃、店の前にタクシーの止まる音がして、彼女はどこからともなく戻ってきた。いつものように私たちがたむろしているのを見て、彼女はちょっと不機嫌になったように見えたが、「みすずさん、どこ行ってたんですか？」と尋ねると、他にお客さんがいないのを確認して「Hさんの忘年会に呼ばれて行ってきたの」と彼女は答えた。H氏はその当時誰もが知っているいつもサングラスをしていた渋い男優だった。彼女の話では、その忘年会には他にも売り出し中の若手男優や著名な映画監督、それにロック歌手などが来ていて、最後は彼らの飲酒が昂じて血を見るようなつかみ合いの喧嘩になったので、帰ってきたと言うのだった。

それは、しがない学生の若者相手にいつも同じ目線で対等に接してくれていた彼女の日常からは、想像もできない華やかな世界の話だったので、信じる気持ちも少しはあったが、どちらかというと私たちは彼女が嘘を言ってからかっているのだと思っていた。瀧内も同じように感じていたようだ。

その後三〇年以上経った頃に瀧内に再会したとき、その話は本当だったのだと私は知ることになった。彼は就職後も懐かしさにかまけて、ごくたまにミスティンラブに行っていたようだ。あるとき店に電話がかかってきて、少し話し込んでいた彼女が突然瀧内に、「おまえさん学生の頃、いつも信じてなかったよね。今Hさんが電話に出ているから、代わってあげるよ」と言うなり受話器を彼に渡したということだった。彼は半信半疑で電話に出たが、そこで聴いたのは映画やテレビで聞き慣れていたあのH氏の少ししわがれたドスの利いた声だった。それ以来瀧内は、彼女に対する認識を改めたということだった。

一一　姉と弟

もしこの世界に、毎日一緒に暮らして飲食もともにし、日常の些細な出来事や人生や恋愛について打算なく、率直さという共通語で話し合える仲の良い、ちょっと歳の離れた姉と弟がいるとするなら、私と彼女の関係は概ねそのようなものだっただろう。しかし彼女の生い立ち、彼女の人生に覆い被さってきていた運命という荒波の不確実性や苛烈さ、そして感情的な喜びや悲しみの激しいエネルギーが、私のそれとは比べるべくもないのだと私はいつも実感していた。

それでも私たちには何か共有するものがあるように感じ合っていたと思う。

それはお互いの「意識」が照らすことのできない、無意識というこころの深層で共有していた何かで、そのため私は、自分の心が彼女のそれと相互溶融しているかのように思える瞬間——それは神秘的分有状態と呼んでもよいものだろう——を何度となく体験していた。

それはまるで、彼女の「魂」が彼女の「意識」に伝えようとすることを、私の「意識」が感じていたとしか言えないもので、同じようなことが彼女にも起きていたのだと思う。

その共有していた何かとは、互いの「意識」が作り出したような考え方や心構えといった、もっともらしくて俗っぽい、世間一般で通用するような合理的なものでは決してなく、敢えて表現するならそれは、お互いの「無意識」に抱えていた影のようなものだったのだと思う。

私の「無意識」にある「影」、いつの頃からか私の「意識」の閾値以下に第二の自我のように潜んで、常に私を背後から脅かしていたその「影」は、より深くて濃い彼女の「影」によっていつも覆われ、相対的に光を垣間見ることができていたのだと思う。別の言い方をするなら、私の「影」はより深くて濃い彼女の「影」によって守られ、補償されていたのだ。

あのときも私たちはそのような心の状態になっていたのだと思う。あれは何の話をしていたときだろうか、記憶は定かでないが、おそらくその当時付き合い始めた年下の女の子に私が夢中になれないことを、彼女に告白していたときだったように思う。そのときカウンターで隣に座って親身に私の話を聴いていた彼女は、私の「影」を全て見透かしたかのようにポツンと言い放った。

「おまえさんには若い女の子、無理みたいね」

私はそのとき、相手の女の子に何か申し訳なさや後ろめたさのようなものを感じていたのだと思う。すると彼女は優しく諭すように、

「ねぇ松浦、恋愛に加害者も被害者もないんだよ」

とつぶやいた後、突然ある短歌のようなものを芝居の台詞のように口ずさんだのだ。カウンターの奥の棚にずらりと並んだウイスキーボトルのほうを見つめながら、まるでそこに別の彼岸があるかのように。

「のどぼとけ　切って恋の血　見せようか　ひとりがっての　君の背中に」

その歌は、今でも決して忘れられない呪文のようにはっきりと覚えている。

あのとき初めて私は、彼女の「無意識」にある「影」が、より深いその先の闇につながっているのを垣間見ていたのだと思う。そしてその闇は一瞬私の「意識」に、畏

るべき神秘としか言いようのない、それまでに経験したことのない女性に対する畏怖の感情を呼び起こすようなものだった。

一二　四暗刻、九索単騎

一人で喫茶店に入ることすら不良と見なされていた田舎育ちの真面目な私が、東京に出てきて偶然遭遇したこんな生活に増して、人生にわくわくする冒険と遊びとをもたらしてくれるものはなかっただろう。

私の学業は相当危ない状況にあったはずなのだが、そんなことは意に介さず、毎日やりたいこと――つまりそれはミスティンラブに通うことと麻雀をすること――をしていた。

人生を棒に振りかねないようなその事件が起きたのは、一九七九年の春を迎えようとしていた頃だったと思う。その夜もいつものメンバーが閉店まで飲んでいたので、彼女が麻雀をやろうと言い出した。その当時、司法試験に備えていつも店で飲みながら六法全書を読んでいた外山という先輩がいたのだが、その夜は偶然居合わせた彼が彼女に強引に説き伏せられて、メンバーに加わることになった。

その夜はいつもの雀荘がお休みだったので、彼女もめったに行っていなかった小石川の辺りの白山通りからかなり入ったところにあった、雑居ビルの二階の雀荘に行ったと記憶している。

お酒も入っていたので私は大胆になって気持ち良く遊んでいたが、ちょうど三半荘目に入った辺りだろうか、加賀のリーチの後に彼女が「リーチ！」と言って、勢いよく牌を横に曲げてきた。六索、八索、八索と並んでいたあのときの彼女の捨牌は今でもはっきり覚えている。二軒リーチで安全牌に窮した私が、出来面子から九索を抜き打ちすると、彼女の甲高い少し舌足らずな「ロン、ロン、ロン」という声が響き渡り、私は倒された彼女の手牌を見て愕然とした。

何とそれは四暗刻、九索単騎、ダブル役満だったのだ。

一気に酔いから覚め、瞬時にオカも含めて点数計算して、懐具合を心配しながら呆然としている私を尻目に、彼女は憎らしいほどはしゃいでいたし、他の二人は、あ～ぁ、やっちゃったなという感じだった。

そのときだった。バタバタと階段を上がる足音がしてドアが開き、マスターが慌てて入ってきた。

「下に警察が来てるみたいです。すぐに逃げてください！」

司法試験を控えていた外山が本能的に真っ先に反応して立ち上がると、私たちもハッと我に返って立ち上がった。そして外階段につながる裏口のドアに向かって我先に走っていたように思う。夢中だったので誰がドアを開け、どのように階段を下りたのか全く覚えていないが、鉄の非常階段を下りるカンカンカンという響きだけが今でも耳に残っている。裏通りに出ると私たちは、てんでバラバラに逃げていった。

ふと気がつくと、私はひとり真夜中の広い白山通りに出ていた。そして誰かにつけられていないかビクビクして何度も後ろを振り返りながら、下宿に帰っていった。

次の日の朝、睡眠不足の朦朧とした頭で、あの雀荘はきっと無許可営業だったに違いないと考えながら、ふと入り口のドアの下を見ると、四つ折りの小さな紙切れが挟まっていた。開いてみると、そこにはなぐり書きしたような見慣れた文字があった。

「外山は捕まらなくて本当によかったよ。でも、おまえさんが振り込んだ四アンコー九ソー単キ、忘れてないからね。卒業してからでもいいけど、必ず払いなよ。みすず」

その後半年ほど経った頃だったろうか、外山さんが見事司法試験にパスしたと彼女から聞かされたのは。

一三　上野駅にて、男はつらいよ

そうこうしているうちに、私は大学四年に進む前の春休みを迎えた。その頃になるともう彼女に甘えきっていて、少しどぎまぎしながらも、田舎へ帰省するための電車賃まで借りるようになっていた。その春休みの帰省も案の定、月末近くでお金がなくなり、帰省の前日ミスティンラブに行くと、お金がなくて帰れないんだと少し遠慮がちに告げた。彼女は嫌な顔一つせず「なんだ、そんなこと早く言いなよ」と言って、すぐにレジから三万円ほど引っ張り出して渡してくれた。

結局そんな日も私は楽しく飲み食いして、明日は早いからと言って夜中過ぎに帰ったが、帰り際にいつも彼女は「お土産なんかいらないからね。気をつけてね」と言って私を送り出してくれた。そんな感じで私の悪友たちも一人、また一人と帰省していった。いつも店で我が物顔にのさばっていた学生がいなくなり、彼女には少し寂しかったのかもしれないが、大人の客たちは束の間の安息を楽しんでいたに違いない。

私はといえばこうして田舎に戻ったところで、ものの一週間もしないうちに退屈してきて、東京に、あの店に帰りたくてウズウズしてくるのだった。たしかその春休みなどは学業にかこつけて、二、三日で東京にトンボ帰りしてきたと思う。特急電車に飛び乗り、六時間かけて夕方六時過ぎに上野駅に着いたと思う。辺りはかなりうす暗くなっていたが、とりあえずミスティンラブに行って彼女に借りたお金を返そうと勇んでタクシーに飛び乗り、運転手に「とりあえず本郷三丁目の交差点へ」と告げた。しばらくしてふと左を見ると映画館があり、大ヒット中の『男はつらいよ』の大きな看板が見えた。しかしその頃の私にとって山田洋次監督が描く「フーテンの寅さん」は、この世の敗北者以外の何ものでもなく、むしろ不快なものだったと思う。あんな社会から脱落した人間のドラマを見て何が面白いのか、あんなふうになるのだったら死んだほうがましだなと思いながら、久しぶりに帰る懐かしいミスティンラブと彼女の顔を思い浮かべていた。

夜の上野駅が醸し出す、一昔前の東北からの集団就職の終着駅という暗いイメージすらも吹き飛ばして、あの瞬間私は何も考えず、ただ幸福という感情だけが勝手に

「意識」に侵入してくるようだった。陽の当たる坂道を希望に満ちて上っていく若者にとって、決して〝男はつらいもの〟ではなかったのだ。そして「フーテンの寅さん」に人生の「もののあはれ」というものを本当に魂で感じることができるようになるまで、私はあと三〇年以上も待たねばならなかった。

一四　本郷からの卒業

やがて私は大学四年の秋口を迎えたが、相変わらず生活を改めることはしなかった。しかしこの頃になると、さすがに卒業のために不足していた単位のことや卒論の出来が気になりだした。こんなことで卒業できなくて就職もできないとしたら、それは考えただけでも恐ろしい、あってはならないことだった。ほとんどの夢はそれが夢だとある程度は見破れるものだが、今でもたまに見る単位が取れなくて焦りまくっている大学四年のときの夢は、いつもそれは現実以外の何ものでもないと信じ込まされるもので、その夢から覚めたときの安堵感といったらなく、地獄から生還したような気分になる。それほどあのときの恐怖は、私の心を深く抉ったのだろうと思う。

そんなわけで私は少しばかり卒論に集中するようになり、心を鬼にしてミスティンラブからなるべく遠ざかる努力をしていたように思う。しかしその努力は長続きしなかった。それは彼女が私たち学生に使う常套手段だったのだが、私の場合しばらく店に顔を出さないと彼女は瀧内か川野に頼んで、私の下宿に呼びに来させるのだった。おかげで本当に風邪などで寝込んでいるときには、彼女が店から持ってきてくれたおじやとか焼きうどんにありつくことができたのだが。

結局大学からもミスティンラブからも卒業できそうもなかった私は、何とかなるだろうという淡い期待だけで時をやり過ごすことになったが、年も明ける頃になるといよいよ尻に火がつき始めた。満足な卒論が仕上がらず、見かねた担当教授は優秀な大学院生に私の面倒を見るように指示してくれた。そうして少しは希望というものが見えてきていたように思う。

あっという間に時が経過し、三月に入り、卒論提出の一週間前を迎えた。その頃には既に就職先も決まっていた。最後の一週間、私はほとんど寝ていなかったと思う。夜遅くまで学部の研究室で実験やら何やらで過ごし、腹が減るとミスティンラブに行って夜中まで飲み食いし、その後既に閉まっていた赤門の横の、レトロな錆びた鉄格子のフェンスをよじ登って研究室に戻るという生活を繰りかえした。彼女に言わせると、その頃の私は、半ベソをかきながら酔っ払っていたというものだったが、その真偽のほどは今もってわからない。

そうこうするうち、あっという間に卒論発表の当日となった。私は意識朦朧とした状態なのに緊張の極度に達しており、学部の教授陣を前にして卒論の説明をした。しかしその論文がどういうもので、何をどう説明したのか、詳細はまるで覚えていない。たしかステッピングモーターの最適な加速度制御に関するものだったと思う。


結局卒論は何とか無事に受理され、就職も反故にされることがなくなった。就職のための健康診断書も、彼女に頼み込んで京田先生に店で書いてもらった。

そうなるとホッと安堵した私の「意識」に、それまで何とか抑えていたある感情が強烈なエネルギーを伴って侵入してきた。それは姉と慕う彼女のもとから離れていくことを、耐えがたいものにさせるような彼女への抑えがたい愛情だったと思う。

〝だったと思う〟などという他人事のような言い方になるのは、そのときのリアルな感情やその直後に起きた出来事の具体的で正確な記憶が、まるで霧の中に包まれたようになって、取り出せなくなってしまっているからだ。

だがともかくも私の若い「魂」は、死ぬまでに人間として経験しうる限りのあらゆることを、とことん経験し尽くそうとしていたに違いない。

たしか就職のため白山の下宿を引きはらう数日前だっただろうか、彼女の好きな赤い薔薇に短い手紙を添えて、私は彼女のマンションの玄関ドアのところに置いてきたように思う。しかしその手紙の内容がどうしても思い出せない。そしてどのような経緯で行きついたのかも思い出せないが、私は彼女の部屋の中にいた。かすかな記憶を辿ると、そこで二人きりでどれくらいの時間を過ごした後だろうか、いつの間にか外はうす暗くなりかけている中、人生最高の魅惑的な気分に浸りながら、私は彼女に諄々と諭されていたような気がする。おそらく私の将来や私が経験したことのない世間というものの残酷さについて。あのとき私は、二度と戻れないヌミノーゼな深い森の中に踏み入ってしまったかのような雰囲気の中で、神妙に彼女の話を聞いていたと思う。

全てがもやもやとした霧の中の出来事のようにしか思えない中、なぜなのだろう、今でもはっきり脳裏に焼き付いている彼女の部屋の一隅の光景がある。それは壁際にずらっと並んで高く積み上げられたたくさんの本箱、そしてその片隅にポツンと置かれていた一冊の本の光景だった。

その本の背表紙には『エロティシズム　澁澤龍彦』とあった。


こうして私たちはそれぞれの未来に向かって、懐かしい本郷から、そしてミスティンラブから飛び出していった。三四年後に再会することになる瀧内は大手総合電機T社へ、川野は関西の医療系S社へ、その後ひょんなことで一緒に仕事をすることになる加賀は信州にある精密機器のE社へ、高山はいかにも世間慣れしていたあいつらしく総合商社のM社へ、そして後に某医大の学長になった林田は、大手製薬のY社へと就職していった。そして私自身は強く後ろ髪を引かれながらも、二度とミスティンラブに戻ってきてはならないのだと言いきかせていたと思う。

彼女の表現を借りるなら、私たちは想い出という過去と責任という未来を手にして、そうして何かを失って巣立っていったのだ。

一五　ウクライナのひまわり

就職後、私は何もかもが新鮮で夢中だった。まるで人生のまっとうな目標に背いて過ごした本郷での三年間を悔い改め、一気に取り戻そうとするかのように、真面目に仕事を覚え必死に取り組んだ。今となってはそれほど褒められることでもないだろうが、残業時間も山のように積み上がっていった。

しかしそうして一年ほどが過ぎた頃、絶対にミスティンラブには戻るまいというやせ我慢は一本の電話によって、あっけなく潰えることになった。その電話は彼女からだったと思う。なぜ彼女が私の電話番号を知っていたのか、そのとき何を話したのかも、はっきりしない。しかしとにかくそれがきっかけで、私は再びあの店に通うようになったのだ。

そうして二、三年が経つうちに私の仕事はいよいよ忙しくなり、月曜から土曜までは夜遅くまで働き、土曜の夜にはミスティンラブに顔を出すというのがお決まりのパターンになっていった。しかしその頃から彼女と一緒に過ごし始めた週末の生活も、私はその記憶の重要な部分を失ったままのようだ。

そして彼女との週末の生活によってもたらされた、決して消えることのないよう私の「意識」に強烈に刻印されたはずの情熱的な感情や豊かな情緒すらも、私は永い年月をかけて自分の「意識」から締め出してしまったように思う。結局私は、その感情と情緒の海で、おそらく彼女なしの人生では決して泳ぐこともなかっただろうその海で、溺れてしまっていたのだろうと思う。

しかし一度知ってしまった情緒的なその海の何ものにも代えがたい価値と喜びを、自分の「意識」が忘れ去ろうとしている今、なぜ私は彼女との遠い想い出について記憶を振り絞って書き残し、それを失うまいと必死になっているのだろうか。ひょっとするとそれは、自由の喜びを一度知ってしまった民族が、その自由の何ものにも代えがたい価値と喜びを忘れてしまった後でも、なぜだかわからないまま自由だけは失うまいと、必死にすがりつくのに似ているのかもしれない。

そんな中、今でも私の「意識」にはっきりとつなぎ止められているある記憶がある。その頃日本ではバブル経済が沸騰し始めた時期で、私は急騰する土地やマンションの値段と自分の給料を見比べ、一生家などは買えないだろうと考えながら、何かに憑かれたようにただひたすら働いていた。私はどんなに疲れていても、いつものようにほぼ毎週土曜日の夜にはミスティンラブに行き、学生時代の懐かしさに麻痺したように酒を飲み、浪費できる人生の時間はまだまだいくらでもあるといった感じで、時間の流れにただひたすら身を委ねていた。

あれはたしか、うだるように暑いある夏の夜だったと思う。その日は土曜日ということもあって私以外の客がわりと早い時間帯に帰ってしまうと、新たな客が来る気配も感じられなかった。

そんな中、一週間の仕事を終えて一息ついた私がひとりカウンターで水割りを呷っていると、突然彼女が「私、見たい映画があるんだけど、これから一緒に行かない？」と誘ってきた。

特に断る理由もない私が二つ返事で同意すると、すぐに彼女はその当時バイトしていたユミちゃんに留守番を頼み、私たちは店の前でタクシーを捕まえた。

その車中私は、久しぶりに外で彼女と二人きりになれるのに心を昂ぶらせながら、なぜか映画のタイトルを尋ねることもなく、夢中で関係のない話をしていたように思う。

やがてタクシーは上野のどこかの彼女が知っていた映画館に着いた。

そこで初めて私は、これから見る映画が『ひまわり』というのだと知った。

ひっそりとして客もまばらだったその映画館で、私たちはただ黙ってその映画を見ていたと思う。それより十数年前に撮られたそのイタリア映画のリバイバルを、なぜ彼女は私と一緒に見たかったのだろう。

頭の中のどこかでかすかにそんなことを考えながら、私はぼんやりと見ていた。

しかしある場面にきたとき、それが私の「魂」を強烈に揺さぶるのを感じていた。

ソフィア・ローレン演じるたしかジョバンナというイタリア女性が、独ソ戦で行方不明になった夫を戦後ウクライナへ探しに行くのだが、一向に消息が掴めない彼女がそこで見たもの、それは地平線のかなたにまで広がる、美しくも哀しいロシアひまわりの群生だったのだ。そのとき私は、ジョバンナの夫が眠っているかもしれないそのひまわり畑がどこまでも果てしなく、無限に続いていくのだという幻想のようなものに、一切の疑問も抱いていなかった。

それは同時に、私と彼女がこれからともに歩んでいくだろう道も、そのひまわり畑のようにどこまでも永遠に続いていくんだという錯覚をもたらしたのかもしれない。そのことの同意を求めるように、私はふと彼女のほうを見たと思う。

そのとき彼女の横顔はたしかに、その欧州の血に由来する彼女の「魂」が物語る何かを私に伝えようとしているように見えたが、残念なことにそれが何であるか、そのときの私にはよくわからなかった。

帰りのタクシーでも私たちは、その映画について何か話そうという気にもならないまま、ミスティンラブに戻っていった。

今にして思えば、あの映画の主題は「戦争という運命によって引き裂かれ、それぞれ別の人生に進む決意をして、永遠に会うことのなくなった男女」だったのだから、もしかすると彼女は意図的にそのことを私に伝えたかったのかもしれない。

一六　霧の中の二人

それでもほぼ毎週のようにやって来る弟のような私を、彼女は愛おしいと思ったのかもしれない。店が終わると、「ドライブがてら、どこかで食事でもしてかない」と誘ってくれた。

彼女はミスティンラブの客でT販売のトップセールスだった蓮谷さんから購入したばかりの、白い練馬ナンバーのカローラに乗り始めていた。学生時代以来、私の知る彼女は一滴のお酒も口にしたことはなかったし、真偽のほどは今もってわからないが本人も一滴も飲めないと言っていたので、その点では安心していたのだが、同乗してみて意外に感じたことがある。

それは、どこに行くにもいつもタクシーを使い、電車にも乗れなかった自称方向音痴のはずだった彼女が意外にも運転上手で、ある程度道もよく知っていたことだ。最初に同乗したときも彼女は「松浦には言ってなかったけど、昔は結構私、運転していたんだよね」と言っていた。いつもは近場の根津や本駒込辺り、あるいはもっと足を伸ばして一七号線、旧中山道に沿って走り、板橋辺りで食事をすることが多かったように思う。

たしかあの日は本駒込の六義園に近いファミレスに途中立ち寄って、食事をしたと思う。若かった私はいかにも輸入肉らしいステーキを、彼女はパスタとサラダを頼んだように思う。やがて食事が終わりコーヒーをする頃になると、二人の間に重苦しい空気が漂い始めた。

それは初めてのことでもなく、その当時私たちは既に、ありきたりな普通の男女なら誰でも持ちたいと思うような一切の希望をなくしかけていた。あの時代、おそらく私たちほど生い立ちも住む世界もまるで違う、何から何まで不釣り合いな男女はいなかっただろう。つまり誰が見ても、私の知らない華やかで少し危うい世界を自由に生きてきただろう彼女と、あまりに標準的で平凡な世界を生きる私が、生涯の伴侶であり続けることには土台無理があったのだ。

それならば姉と弟という微笑ましい男女の関係を続ければよかったのかもしれない

が、既に感情的にも姉と弟という一線を踏み越えてしまっていた私たちには、もうそれも無理というものだった。

いつも話は同じところ、つまり私たちのようにまるで不釣り合いな男女を、決してそっとはしておいてくれない世間というもののところで停滞し、堂々巡りを繰りかえした。

その日もそのようにして訪れた行き場のない沈黙の後、突然彼女が次のような話をし始めた。

彼女がまだ女子高生だった頃、新宿か代々木の辺りで、知らない男の人から突然声をかけられたことがあったということだった。その若い男は彼女を一目見てその日本人離れした容貌に心を奪われ、付き合って欲しくて勇気を振り絞って声をかけたらしい。しかし突然のことで気が動転した彼女は、そんな男に激しい嫌悪感を抱いたようだ。そこは歩道橋の階段の踊り場のようなところだったが、彼女は発作的に思いっきりその男を突き飛ばしてしまったということだった。そして彼女は、その男が階段を転げ落ちるのを背後に感じながらその場を立ち去り、その後どうなったかわからないという物騒な話だった。

学生時代から彼女の度肝を抜かれるような話には慣れていた私だったが、なぜかそのときはその話が本当なのではないだろうかと感じていた。

「その男は大丈夫だったの？　まさか死ななかったよね？」と訊きたくなったのを必死でこらえたように思う。なぜならそんなことを訊いたら彼女は、「えぇ、その人、死んじゃったのよね……」と冷静に答えるのではないかと、一瞬怖くなったからだ。

しかししばらくするうちに、今さらそんなことを知ったところで、どうにもならないことだったのだと思い直していた。

結局学生時代のように、私は何も訊かずに黙ってコーヒーを飲んでいたが、彼女は話を蒸し返すふうでもなく、その話はそれで静かに終わった。

ふと外を見ると空が明るくなり始めていた。

「もうそろそろ出ようか、始発大丈夫そうよ」と彼女が言い、私に先に店を出るよう促した。私は立ち上がり彼女が後ろから付いてくるのを背中の気配で感じながら、レジの横を通り過ぎていった。当然私は彼女がお勘定を払うものだと思い、ちょっと振り返って見たが、その瞬間私の「意識」は不意打ちを食らい真っ白になった。

彼女は伝票を持たず、真っ直ぐ私の目を見ながら誰もいないレジを素通りしようとしていたのだ。そのときの彼女の表情、それは学生時代から見慣れていたのと同じクールな表情で、一切の動揺を表さない確信に満ちたものだった。そしてそれは私の理性をも一瞬で麻痺させるような魔力に満ちていた。

何かに操られるように私は駐車場に連れて行かれ、気がついたら彼女の車に乗り込んでいた。彼女は何事もなかったように振る舞い、そして私の割り切れない気持ちを鎮めるようにポツンと言い放った。

「人生、こんな日があってもいいんじゃない」

そうしてＪＲ総武線の水道橋に向かって、静かに車を走らせていった。

あの日の彼女は、行き詰まった二人の関係を打開できない私の心を揺さぶり動かすことで、何とか二人の道行きを決着させようともがいていたのかもしれない。

しかししばらくして車が水道橋に着くと、その頃には普段通りの彼女に戻っていたようだった。

そして私を安心させようとしたのか、別れ際に、「これから戻って、お勘定払っておくね……じゃあね、また来週ね」と言って私を送り出してくれた。

もしあの日、天から私たちを眺めている眼があったとしたなら、そこに見えていたのは結末のない愛情という霧の中で彷徨っている、一組の男女の姿だったに違いない。

そしてその頃からだろうか、私の彼女に対する感情が、愛情と単なる執着の狭間を揺れ動くようになっていったのは。

一七　一九八八年一二月一一日

結局そんな人生を漂うような生活が数年続いて、世間一般で言われていた結婚適齢期を迎えた私は、いよいよ自分の人生に踏ん切りをつける時期が近づいてきているのだと感じ始めていた。つまり人生には限りがあるのだという焦燥感が生まれ始めていたのだ。

そんな気持ちになったのも、あるとき彼女がふと私に、ある旧知の男性とも付き合いを続けていることをもらしたのがきっかけだったかもしれない。その年上の男性は、私など比較にならないくらいの高い社会的地位にある人だった。

なぜわざわざ彼女がそんなことをもらすのか、私はその真意など考える余裕もなく、強い嫉妬を覚えながら彼女を非難したように思うが、そのときは彼女になだめられて、最後には何とかいつもの関係に収まっていたと思う。

そんなこともあってしばらくして、父親が軍隊時代の満州での旧友とひょんなことで再会し、私に急な縁談が舞い込んできた。一九八八年の一二月は、その相手の女性と新宿の紀伊國屋書店で待ち合わせをして、初めて会った時期なのではっきり覚えているが、たしかその直後の一二月一〇日の土曜の夜、私はいつものようにミスティンラブに行った。そしていつものごとく、閉店を待って私たちは食事に行こうということになった。

本郷の駐車場を午前三時前に出発し、その日の気分だったのか、初めて彼女は新宿方面に向かって車を走らせた。そして新宿を過ぎるといつの間にか車は甲州街道に入っていた。

当時は聞き慣れなかった仙川というところを過ぎてしばらくうとうとすると、もうずいぶん都心を離れたのか調布という地名が目に入った。すぐにまたうとうとした私が次にハッとして目覚めたとき、車は甲州街道沿いのファミレスに入ろうとしていた。そこは府中の辺りだったと思う。

私たちはそこで無難なハンバーグステーキを食べ、コーヒーを何杯か飲んだ。その日の彼女は当たり障りのないような話をいつにも増してよくしゃべったが、少し疲れていた私は、ただ「うん、うん」と頷いているだけだったと思う。話すことがなくなって私たちが店を出ると、ようやく空が少しずつ白み始めていた。

甲州街道に出て車は左のほうへ進行し、しばらく走ったと思う。歩道橋の側面に国分寺街道と表示された標識が見え、すると突然彼女はその交差点を右折したのだ。私は彼女が新宿方面に引き返すためにそうしたのだと思ったが、少し不安になって「道、大丈夫なの？」と尋ねたように思う。彼女の「大丈夫よ、ここ何度も来たことあるから。ちょっと国分寺跡まで行ってみたくなったの」と告げた言葉をはっきり覚えている。そしてしばらく国分寺街道を走り、明星学苑前と表示された交差点を左折した。学園通りという標識がチラリと見え、左側にしばらく民家が続いたが、やがて刑務所かと思われる高い塀が見えてきた。その延々と続く灰色の塀を左に見ながら、私たちはまだうす暗い中を黙って走り続けたが、しばらくして沈黙に耐えられなくなった私は、何気なく彼女のほうを見たのだと思う。

あのとき、彼女が何かを切り出そうと決意したように見えたまさにその瞬間、なぜなのかわからない、突然私は彼女に縁談の話を告げたのだ。

私は彼女から非難めいたことを言われないか少し身構えた。

しかし彼女は「そう……」とだけ言って、次に何かを言おうとわずかに口元が動いたように見えたが、すぐにその言葉を呑み込んだ。そしてしばらくすると、あたかも敬虔なマリアのような表情で、絞り出すようにして言った。

「よかったね……しあわせにね……」

あの瞬間から私たちは、あの本郷でまだ私が学生だった頃のように、お互いの「魂」が相互溶融することはなくなっていたのだと思う。

すぐに車は府中街道に出て左折し、国分寺跡へは向かうことなく再び甲州街道に戻ると、新宿方面へ向かって行った。


その後のことはよく覚えていない。

気がつくと彼女は手慣れた感じで、新宿駅南口に沿って走っていた甲州街道の路肩に車を止めていた。その手際の良さに少し驚きながら、その当時小田急線の町田に住んでいた私は車を降り、彼女にさよならを告げた。そう、永遠のさよならを……。

こうして大学卒業後から八年以上続いた、私と彼女の目的もなく漂うようなアンニュイな時間はあっけなく終わりを告げ、二人の行く道は完全に分岐した。

しかしそのときの私は、その日一九八八年一二月一一日がどのような意味をもつ日なのか、まるで想像すらできていなかった。

そしてこれは未だに信じがたいことなのだが、その後私は永い間、正確に言えば二七年もの間、その日の府中でのドライブの記憶を無意識というこころの最深部に閉じ込めることになったのだ。そうして私の「意識」はその封印された記憶に、その間一切の光を当てることができなくなった。

一八　アイヒマンの心

あの日を境にしてだろう、私が自分の「魂」をないがしろにし始めたのは。

分かちがたく二人が共有していた時間と空間は、あの日一九八八年一二月一一日未明、あの府中刑務所沿いの学園通りという場所から、真っ二つに引き裂かれた。

その裂け目はすぐに、もう二度と修復できない無残な裂け目となっていたはずなのだが、私は自らが引き起こしたその深刻な裂け目の重大さに気づいていなかった。それどころか彼女との廻り道から抜け出して、元の真っ直ぐな道に戻るときがきただけなのだとたかを括っていた。当時バブル真っ只中の日本全体を覆っていた狂乱の明るい未来という蜃気楼が、私をそんな気分にさせるのに一役買っていたのかもしれない。

それから数日して、彼女から一枚の便箋にワープロで打たれた手紙が届いた。

そこには、あまりに偶然に彼女の人生に溶け込んできて、彼女が望むときにはいつもそばにいる弟のようだった私を突然失ったという、喩えようのない喪失感、孤独や哀しみが彼女独特の鋭い感性で詩的に綴られていた。その書き出しは、どんなときでも毅然として決して弱みを見せなかった彼女が書いたとは、とても思えない別人格のもののようだった。

私は私の「魂」を金縛りにするようなその手紙の言葉の一つ一つを鉛のように呑み込みながら、初めて自分がもたらした裂け目が彼女の中で、無限の闇につながってしまったのだと感じていた。それは学生時代、彼女のある短歌を聴いたときに初めて覗き見た無限の闇だった。

そして次の瞬間、その闇がもたらす畏怖の感情を必死に振り払いながら、私の「意識」に情け容赦なく侵入してきた自分の言い訳がましい卑怯さ、欺瞞、そして残酷なほどの身勝手さ、それら全てをごった煮のようにして「無意識」という闇鍋の中に放り込んだのだ。

そうして、不都合で受け容れがたいそれら全てのものをなかったことにして、平気でその後も縁談の女性との付き合いを続け、好きになっていった。

敢えて今、そのことが心理的に説明されるとするなら、次のようなものかもしれない。

一九六一年、ユダヤ人大量虐殺の実行責任者アドルフ・アイヒマンの裁判を傍聴したユダヤ人哲学者ハンナ・アーレントは、なぜ普通の人間が狂気に取り憑かれてしまったのか、次のように断じたという。

「自分の昇進に恐ろしく熱心だったこと以外に、彼には何の動機もなかった。言い古された表現を使うなら、彼は自分が何をしているかわかっていなかった。彼には全く思想がなかった。それ故彼は、あの時代の最大の犯罪者の一人になるべくしてなったのだ。」

同じように会社で夜遅くまで必死に働き、自分を周囲に認めさせることだけに熱心で思想がなかった私も、幸い時代の最大の犯罪者になることはなかったにせよ、他人の人生を平気で傷つけ害しながら、自分が何をしているかわかっていなかったのかもしれない。

皮肉なことに通常この世界では、自分のしたことに気づかないでいる罪人に対しては、自分の罪を意識している罪人に対してよりは寛大なようだが、しかし事はそれでは済まされない。「無意識」という神なる自然は、そんな無意識でいる罪人をあたかもその人が意識的に罪を犯したのと同様の峻厳さで罰するもののようだ。

だからかもしれない、彼女との別れは、それですんなりとは終わらなかった。

一九　置き去りにされた「魂」

女性の生は血に近い。誕生は血まみれの仕事、破壊と創造である。

彼女は野で一輪の水仙を摘むギリシャ神話のコレーのような、曖昧な花のような性格とは少なからず異なっていた。彼女は誇りに満ちており、その限りある情熱の相当量を注いできた彼女の人生の一つの歴史を、全てなかったことにしようとする不道徳で人生経験が未熟な若者には、それ相応に手厳しい、大人の女だったのだ。

それからの半年間ほどは私の記憶が最も混乱し、錯綜している時期だと思う。

その後かなりの間、彼女はちょっとした背筋が寒くなるような魔女性、いやそんな曖昧な表現では正確性を欠くだろう、地獄の三叉路で睨みをきかすヘカテーのような怖さを私の前に現したかのように思う。〝現したかのように思う〟などというあやふやな表現になってしまうのは、今振り返ってみて、そういった魔女像も、恐ろしいヘカテー像もはたして現実だったのかどうか、わからなくなっているからだ。

それらは、太古の昔から人類の男どもがその邪な心で、それこそ無数の少女コレーを陵辱し続けてきた中で、水が流れると突然その姿を現す河床のようにして、繰りかえし繰りかえし、その「無意識」に刻み込まれてきた観念的な女性像だったに違いないのだ。そうしてご多分に洩れず人類の男の端くれとしての私も、「無意識」の河床に突然現れたそういった恐ろしい観念像を彼女に投影してしまっていたのだろう。

しかし少なくとも彼女自身について一つ確かなことが言えるとすれば、それは、その「魂」のどこかに、私の心にそういった恐ろしい観念像を呼び起こすだけの歴史的な側面を、強く受け継いでいたということだったのかもしれない。

だがともかくも、その強烈な投影の呪縛がほどけることはなく、彼女の何気ない言動やその要求に強い悪意のようなものを感じるようになった私の「意識」は、次第に抜き差しならない恐怖のどん詰まりに追い込まれていった。

そしてやがて縁談の女性との結婚式を迎える頃には、その緊張もピークに達しており、私の「意識」はその後に起こり得るあらゆる最悪の事態を考えまいとしてほとんど麻痺し、もはや意識的な思考は不可能になっていた。

もしあのとき、私の中からあの不思議な声が聞こえてこなかったら、本当に私は神経症かノイローゼになっていたかもしれない。それは私の「無意識」の深みにずっと以前から棲んでいたとしか思えない、老人のようなかすかな声だった。

どうやらその老人の考えは、傷心の彼女の「魂」の中で今も確実に輝いている光の側面、その気高い良心と深い情愛を信じるべきだ、というものだった。

同時にその声が私の「意識」に呼び覚ましたもの、それは彼女自身がこよなく愛読していたモームの『約束』に登場するあの正直な女性、エリザベス・ヴァーモントのシャンと背筋が伸びたような気高さだった。

そうしてその「無意識」からの声に従おうと決意した瞬間、わけのわからない弱気や不安や恐怖は、嘘のように消え去っていった。

そうなるとあとは、全ての運命を彼女の「魂」の審判に預け、運命のもつれた糸が解きほぐされるのを待つしかなかった。あのとき私は生まれて初めて、運命というものをありのままに受け容れようとしていたのかもしれない。

数日後私は、それまでに積み重なった気苦労のせいだろう、ほとんど放心状態のようにして衆人に見守られながら、人生にただ一度きりの婚姻の契りを結び終えた。

そして私の中にも確実に存在していた「無意識」という神なる自然は、まるでそのすべての目的を達成し切ったかのように一旦鎮まったようだった。

しかし人生最大の窮地を何とか脱して、新しい人生のスタートができたという幸運と引き替えに私の心が負うことになった代償、それは、本来この上ない祝福以外の何ものも入り込むべきでなかった新婦やその両親の心に、取り返しのつかない闇を忍び込ませてしまったという一生消せない悔恨とともに、私の心の奥深くに刻印された強烈なトラウマだった。

そのあまりに辛く苦い代償が生涯をかけた妻への忠誠の揺るぎない礎石となり、やがて仕事上のどんな窮地にも動じない神色自若な精神に変化していこうとは、思いもよらず皮肉なことだったが。

今も具体的な記憶がほぼ空白状態になっているその辛い経験を経て、その後は自分らしい元の平坦で真っ直ぐな道にようやく戻れた幸せを噛みしめながら、愛する妻のために一生懸命働いて稼ぎ、家を建て、会社での地位もどんどん上がっていった。

結局私は、あのまま彼女とともに生きたなら、決して手にできなかっただろう全てのものを手にできるという幻想のような未来の可能性のために、彼女との想い出という過去を全て残らず生けにえにして、自分の「魂」もろとも無残に破壊してしまったのだ。

そして彼女との音信が完全に断たれ、もう二度と会うことはないと安堵しながらも、心のどこかではいつも彼女の影のようなものを感じていた。

やがてそれは、一生かかっても解きほぐせない鉛の糸の塊のようになって、私の「無意識」の比較的浅い層で絡まり続けるようになっていったのだと思う。

そうしてやがて、あの新宿駅南口の甲州街道で二人の人生が決定的に分岐してから、一瞬の夢のように二〇年以上が経過した。

仕事仲間に恵まれ、妻にも支えられながら私は無事何とか五〇代半ばを迎え、会社での地位が要求してくる責任という重圧もピークに達していた。そんなとき人間はどんな心の状態になるのか、ユングは次のように教えてくれている。

『進歩と発達とは否定しがたい理想である。しかしそれが意味を失うときがある。それは人間が新しい状態の中で自分自身の断片になってしまい、背景にあるものや本質的なものすべてを無意識の影の中に、未開や野蛮の状態の中に、置き去りにするときである。』

そのように私の人生も仕事を通じて進歩と発達という否定しがたい理想に向かってはいたが、それと引き替えに、自分自身の本質的なもの全てを無意識というこころの中に置き去りにして、そうしていつの間にか自分の「魂」との関係が完全に断たれてしまっていたのだ。

そしていつの頃からか私の「意識」に届く唯一の「魂」の声は、「おまえの卑怯で恩知らずな裏切りは、彼女の魂を壊してしまった。彼女はもう生きてはいないだろう」という絶望的なものだけになっていった。

二〇　三つの夢

一体俺は何をやっているんだろうと自問したくなるような、特段に素晴らしいとも思えない目の前の現実に流される日々が延々と続いていたある日、私は仕事の関係で久しぶりに都心のほうへ出かけた。そこは水道橋の近くだった。仕事を終え、さぁ帰ろうと表へ出た瞬間、ふと学生時代を思い出して白山のほうまで歩いてみたくなった。しばらく歩いていくうちに三十数年前の記憶が戻ってきて、頭の中でゆっくりと回転し始めた。

「そういえば俺、大学時代、この辺りに下宿してたんだ」

白山通りを三〇分ほど歩いて五右衛門坂の下までやってくると、無性にあの懐かしいミスティンラブが見てみたくなって、その辺りへ誘われるように歩いていった。昔とさほど変わらないその長い坂を登りつめると、あの店があった場所が広い通り越しに見渡せるはずなのだが……やはりと言うか既にミスティンラブはなかった。

その辺り一帯は再開発が進んで様変わりしており、あの店の跡には知らない和風の飲食店がよそよそしい感じの店構えを見せていた。

「最後に行ったのは二〇年以上も前だもんなぁ、あるわけないよなぁ……」

そうつぶやきながらその場を立ち去ろうとした瞬間だった。

はっきりと、見覚えのあるあの店の木の扉をカランコロンと鳴らしながら押し開けて、中に入ろうとするあの頃の自分の後ろ姿が見えたような気がしたのだ。

あれは幻だったのだろうか？

喩えようのない懐かしさの後に深く激しい哀しみがこみあげてきて、私はその場に立ち尽くしていた。


夢というものについて、ユングは次のように述懐している。

『夢は、魂の導きの言葉である。だから夢を愛さず、その謎に満ちたイメージを日々の考察の対象にしないなどということは私にはあり得なかった。』と。

この二十数年ぶりに訪れた白山での出来事は、私が「無意識」の影の中に、未開や野蛮の状態の中に置き去りにしていたものを、夢という形で止めどなく噴出させることになった。

そしてどうやら、男性にとってその「魂」は、ある特定の女性像となって現れてくるというのは本当らしい。

夢：四月一一日

人間の記憶とは不思議なものだ。

ひとたび蘇った記憶は、「無意識」の中で活性化し自己増殖していくようだ。

つい最近白山を訪れ、三十数年前の大学生時代の記憶が蘇ったせいか、昨晩夢に見てしまった。毎晩入り浸っていたあの店、そしてあの人の夢を。

私はあの店のシックな木製のカウンターに座っていた。

目の前にはあの人がいて、ソフィア・ローレンに似たその懐かしいはっきりとした顔立ちが見える。

夢の中でこれほどあの人の顔が、その唇までもが明瞭に見えるなんて衝撃的だった。

すると突然、店の外を黄色い帽子の小学生の一群がワイワイ騒ぎながら通りかかり、なぜかあの人は呼び止めて店の中に招き入れたのだ。

私はとても不安になってあの人に、「おれ、小学生嫌いなんだけどなぁ」と言うとあの人は微笑みながら、「それなら奥のほうへ移りなよ」と誘うので、私はホッとして奥の別のカウンター席へ移動した。

あの人はカウンターの中に立っていて、赤いワインのようなものをグラスに注いでくれた。

目の前のカウンターには同じくらいに赤い、あの人の好きな薔薇の花の鉢植えが置かれていた。

薔薇なのになぜか細長い葉っぱがゆらゆらと揺れて私の顔に触れてきて、あの人の顔がよく見えなくなってしまう。

思わず、「うっとうしい薔薇の葉っぱだなぁ……邪魔すんなよ」とつぶやいていた。

ここで目が覚めた。電話のベルが鳴っていた。
時計を見ると、午前五時ちょっと前だった。
人間は記憶を美化し、そして勝手に浄化してしまう生き物なのか。
私にとってあまりに辛い体験だった彼女との別れによってわだかまっていたあらゆる感情が、その中で絡みついていた愛憎とともに全て綺麗に洗い流され、浄化されたかのような不思議な感覚に私は浸っていた。

夢：四月一二日

昨晩も続けて、あの店の夢を見た。

あの店は都内のどこかの、結構大きなＪＲの駅の駅前に移っていた。

その駅には出口がたくさんあって、地下の駐車場からエレベーターで上がっていったら、なぜか偶然その出口に出たのだ。

賑やかな明るい飲食街が道路の両側に広がっていて、踏切を渡ったすぐ左側にあの店を見つけた。

「うわぁ、こんなところに移転してたんだ、夢みたいだなぁ……」と、私は思った。

顔見知りの会社の同僚数人と入っていくと、そこはかなり広い青い畳の部屋で、昔のようにあの人がいて、皆で車座になって酒を飲みながら話をした。

夢の中では話をした場面が情景として現れただけで、実際は何も話していなかった。しかしその話は、なぜだか異国の響きがしてとても楽しく、幸せな気持ちになったのは不思議だった。

そうこうしているうちに、夜も遅くなってきたのでみんな帰ることになった。

しかし私は昔のように、もっとここにいたいと思った。

そうだ、みんなを帰してもう一度戻ってこよう。

みんな帰ろうと立ち上がったとき、私は「どうせ戻ってくるなら、カバン置いていこうかな?」と思ったが、すぐに「それじゃあ、戻ってくるとバレバレだからダメだな」と思い直してカバンを手に取った。

店の玄関であの人がバイトの女の子たちと一緒に、私たちを見送ってくれた。

ふと見上げるとあの人がすっくと立っていて、私の紺のゴルフ帽を片足で踏んづけている。ゴルフ帽は私の「無意識」に潜むコンプレックスなのだろうか。

あの人の眼差しが「戻ってきてね!」と言っている、強くそう感じた。


皆で外に出てみると、小雨がシトシトと降っていた。

一人同じ方向へ帰る人がいたので「どうしようかなぁ」なんて困っていると、うまい具合にさりげなく駅の雑踏の中に消えていってくれた。

「よかった、これで戻れるな」と思いつつ、切符だけは買っておこうと思い駅へ行った。

そしてPASMOを引っ張り出して自販機で新宿行きの切符を買った。

「さっき家に帰るコールしたばかりだし、今日中には絶対帰らないとな……」

とここで振り返ってみると、突然自分がどこにいるのかわからなくなったのだ。

さっきの出口がどの辺にあるのか？　さっぱりわからない。

ぐるぐる駅の中を回ってみたが、あの明るい飲食街に通じる出口が見つからないのだ。

ようやく何とかそれに似た出口を見つけて外に出てみたのだが、やはり様子が違う。道路の両側の店も暗く陰気な感じのものが多いし、何と道路自体が舗装されていない。

そこから私は脇道にそれていって、街の中心からどんどん離れていった。

息苦しい、身体が動かない。絶望的な気持ちで、あの店を探してぐるぐると徘徊した。

ここで目が覚めた。

半分夢の中のような朦朧とした頭で考えていた。

あの人は今どうしているんだろうか？　生きているんだろうか？

そして次の瞬間、初めて思い知ったのだ。

あの人とあの店は、どんなことがあっても失ってはならない、かけがえのない私の人生の血肉そのものだったのだと。

そうして時間という情け容赦のない番人が天から降りてきて、堂々たる大声で私に告げた。人生という時計の針は、決して逆戻りさせることができないのだと。

あの店にはもう二度と、永遠に辿り着くことはないだろう。

夢：四月一三日

その夢は、その夜突然、私の「無意識」にあると思われる「魂」の出口の蓋が開いてやってきたとしか思えないものだった。

午前中の穏やかな光に包まれている、一本のどこまでも続いていくなだらかな坂道。

私はその坂道の行く先にここ何十年も感じたことのない希望と安らぎ、まるで神の祝福としか言えないようなものを感じながら、坂道のこちら側を下っていく。

その坂道は誰一人歩いておらず、両側の街並みがきれいな商店街となっている並木道で、美しい石畳が印象的だった。

そこは初めて来たのになぜか懐かしい、私の知っているはずの街並みだった。

その街並みのどこかに通い慣れたあの人の店があるはずだと思い私は探すのだが、もしあんな別れ方をしたあの人と鉢合わせして、ひどく咎められでもしたらどうしようかと、とても不安になる。

しばらくすると突然、あの人の後ろ姿が通りの向こう側に現れ、私はハッと息を呑んだ。

あの人は店の前を箒のようなもので、きれいに掃き清めているところだった。

すぐにあの人は私に気づいて振り向き、まるで咎める様子もなく、それどころかにっこりと微笑んで何かを語りかけてきたのだ。

その言葉は理解できなかったが、それはまるで一瞬のうちに私の心の中の永久凍土を溶かして、そこにうずもれていた私の「本質的なものすべて」を救い出したかのようだった。

私は、自分の「魂」が言葉を用いずに直接伝えてくる強烈な感情に圧倒されながら、「あぁ、元気だったんですね……ほんとうによかった」と言おうとするのだが、「魂」のほとばしりとしか思えないような、それまで生きて経験したことのない歓喜のあまり絶句して、言葉にならない。私は立ち止まることなく歩き続けその場を去っていくしかなかったが、ただそれだけで十分だった。

夢から覚めたとき、私は私には到底説明できない津波のような幸福感を全身全霊で浴びていた。そしてそれは私が現実に引き戻されるまでのほんの短い間続いた。


全ての夢は時間と空間を凝縮して現れる。

しかしあの夢ほど、私が生きてきた全ての時間と空間を一点に凝縮したかのように思えたものはない。私の「意識」は朦朧とする中で一瞬、まるで自分が時間も空間も超越した何か別の、原初的で根源的な存在に生まれ変わったように感じていた。

二一　再び交叉する二つの道

この世界は人間の「意識」の得意技である科学的法則だけで動いているのではない、というのはあながち間違った考えではないと思う。

私の「無意識」は、三つの夢に遣わされた一人の女性像によって、何かを預言しようとしていたのかもしれない。

そんな夢を見てから一ヶ月も経たない頃だった。大学卒業以来音信のなかった瀧内から、突然メールが入ってきた。どうやら彼は、私の会社にいた彼の知人から偶然私の消息を聞いたようだった。

「松浦、ほんと久しぶり。みすずさんだけど、元気にしてるらしいよ。ミスティンラブをやめて、今はX社に勤めてる人と結婚してる。松浦のことをとても懐かしがっているから、連絡してみたら。とりあえずメールアドレスを教える。」

直前に見ていた夢のこともあって、私はあまりの偶然に驚き、そして何よりも彼女が生きていることに、それどころか幸せを掴んで生きていることにただひたすら感謝していた。それまで無意識というこころの中に置き去りにして、二〇年以上も自分の「魂」に背負わせ引きずらせていた重い十字架が、突然消え去ったようだった。あの瞬間私はまるで、永く忘れ去られていた神に再び見つけてもらったかのような喜びで溢れていた。

その喜びは、二十数年間の「魂」の辛い刑期を、ようやく勤め終える直前に無期懲役を言い渡されかねないような、彼女からのいかなる非難でさえ、私が甘んじて受け容れるのに十分すぎる勇気を与えてくれるものだった。だから気がつけば私は、後先考えず、ただ夢中で彼女にメールをしていた。

そしてそのときから、過ぎ去った二六年の時間を取り戻すかのように、私たちのメールは止めどなく続いていくことになった。

「みすずさん、松浦です。瀧内からメールアドレス教えてもらいました。本当に、本当に、久しぶりです。正直今さらこんなメールをしていいのか迷ったけど、でもとにかく元気なのを聞いて、それが何より嬉しくて思い切ってメールしました。」

「松浦！　ほんと久しぶりだね……おまえさんは私のいっとう大切な友人に決まってるだろ（笑）。とにかく元気でよかった、よかった。ミスティンラブは私のふるさとだから……川野とはメールはやりとりしてないけど、年賀状はアメリカにいるときから、日本に帰ってきても毎年きてる。とにかくこの歳になると、あの頃の全てが愛おしくて大切に思う。瀧内から聞いたと思うけど、私はX社に勤務してる旦那と結婚して、今はとても平和に暮らしてる。松浦！　身体に気をつけて、がんばりすぎないようにね……余談だけど、私が少し胸を痛めてるのは、Fさんが結婚してないことかな。とにかくいい距離で大切な友とこれからも思っていい？よね。みすず」

「今の私の気持ちを素直に白状します。

二十数年間喉元に引っかかって、もう一生呑み込んでいるしかないと覚悟していた鉛の糸の塊がポロリと出てきた感じです。しかもそのポロリと出てきたものは、永い間自分が思っていたような絶望や後悔の塊ではなくて、思いもかけずネオンブルーの宝石の原石のようになっていたので、本当に神に（もしいればの話ですけど）感謝です。

こんなに嬉しいことが、まだ私の人生に待っていてくれたとは！

この喜びは誰にも見せないで、一生心の中のショーケースに飾っておきます。」

「松浦が喜んでくれて私も本当に嬉しい！

友人っていいよね。なかなかできないけど……信頼できる友人って最高だよ……よほどのことがない限り、消えることもない。ダラダラした話でも、なんでもいいよ……平日はほとんど家にいるから、都合のいいときに、メールください。面倒だったら電話でもいいよ。番号書いておくね。私は仕事をしてないけど、松浦は忙しいだろうからタイミングがわからないので、私は基本メールだけにするよ。迷惑はかけたくないし、周りの人々に心配かけない、このルールを守ってこそいい友人だと思うから。ずーっと、こんな会話を松浦としたかったので、瀧内に感謝！　くれぐれも、無理はしないでね。」

「ひらめきだけで生きている私は、日常的なこととか、常識的なことは、カラッキシダメでね……おまけに努力が苦手ときてるからダメ人間の典型かな……幸い最近は、スーパーがなんでも届けてくれるし、お惣菜系もお惣菜屋さんのほうが、下手な私が作るより美味しいし……二人だと、経済的だし……文句を言わない旦那様には感謝してる（笑）

おまえさんから見たらいいかげんで手抜きの悪姉だけど、許してくれ（笑）」

「みすず姉さん、真面目に主婦業やってるんですね。

弟はとても安心しました。悪姉の努力苦手はわかってますよ、学生の頃から。

悪姉の辞書には常識と努力はなかったから。

努力といえば、愚弟もはっきり言ってぜんぜん駄目です。

卒論書けなくてミスティンラブで半ベソかいてた？ あの頃から、〈着実に努力する〉と〈素直に人に教わる〉はダメになりました。

愚弟が思うに、最後まで努力しないで押し通すというのも相当な精神的タフさが必要なんです。たいがい普通の人はそのプレッシャーに耐えかねて、努力を始めるのでは？ とさえ思ってしまいます。負け惜しみかな（笑）

ちなみにこの弟が何の努力もなくすらすらできることは、こうやって悪姉にメールを書くことなのです。

さて優秀な？ 弟は手抜きの悪姉を許す。ところで手抜きの悪姉は、二六年のはるかな時を超えて、こんな弟を許してくれるのだろうか？」

「天使の私は、許すとか許さないとかの傲慢な感情は遠い昔に神様に返上したよ、接続詞としての言葉は拝借してるけどね。この瞬間をキラキラ生きていられるのも、私の大切な想い出というタカラがあるから、過去があるからだと思う。人間って、なんかみんないじらしく生きているよね、うん、そう思う……。愛おしいよね……人間って！

今日は蒸し暑いね……くれぐれも、心身ともに気をつけてストレスをためないようにね。」

「サッカー負けたのは、本当に悔しいけど……相手チームのエースの存在の偉大さには、敵ながら脱帽です！　彼は一時的にしろ、サッカーで内戦を封じたという英雄！たった二分で味方のモチベーションを上げるなんて！　あっぱれと言うしかない。次はギリシャ！　サムライジャパンは前に進むしかない。次行こ次！　の気持ちで勝利を信じるしかないものね。」

「みすず姉がサッカーにそんなに心を奪われるなんて、学生時代から予想もしなかったことで驚いてます。しかし気の弱い弟は、録画で見ることにします。」

「そういえばおまえさんが昔陸上部だったということを懐かしく思い出したよ。録画で観るなんて、辛さがわかるからなんじゃないの？　相変わらず優しい性格なんだね……。」

「優しい性格といえば、ここ何十年も会社では決して優しくなれなかった弟が、悪姉さんとのメールが始まって以来急に、誰にでも心底優しい気持ちになれるようになった。自分でも驚いています。おとうと」

「松浦が人に優しくなっていくのは、とても良いことだけど、おまえさんはいい男だから、くれぐれも優しさの表現を間違えるんじゃないよ。女の人が勘違いしないようにね（笑）……わかってると思うけど……ごめん……昔を思い出して、また優しいお姉さんみたいなこと言って。」

二二　沈黙のひとしずく

「サッカー負けたね……本当に悔しい！　でも、仕方ないね……。沈黙のひとしずくが広大な海に流れたら海は泪であふれるのだろうか……一九八八年一二月に創作した詩の一部を思い出した。お仕事ご苦労様です。悪姉より」

「一九八八年かぁ、遠い昔ですね。たしか一九七七年だったかな、大学二年のとき、初めて林田と一緒にミスティンラブに迷い込んだのは。それからほとんど成長していないかも（笑）」

「私も覚えてる！　ジンライムを頼んで、カヨが料金を間違えて、こわごわと、あの

～と、聞いてきたあのときの光景は、懐かしいね……。

あの詩は白山ヒルズの部屋で書いた詩だよ。成長は仕事だけでいいんじゃないかなぁ。多分私にはチンプンカンプンの大変な仕事だと思うけど……心はいつまでも青春なんて、思ってもできない人が多いのだから。私なんて、もっと成長してないかも、ただ見栄っ張りだから、弱みを見せたくなくてね。これからも多分私は今のままで歩くと思うよ……アナ雪みたいに、ありのままで～♪　なんてできないだろうけど（笑）……出来のいい弟よ！　こんな姉でスマン。」


「悪姉さん、その沈黙のひとしずくが流れた白山ヒルズって一階に水出しコーヒーの喫茶店があったマンションでしたっけ？

アナ雪を歌う悪姉さんを想像してたら、突然遠い昔に聞いたかすかな歌声を思い出した。

作詞は得意でも歌が上手でない悪姉さん、

なぜか弟は、こんな歌がずっと耳について離れません。
〈あなたにとって、愛ってなに？
あなたにとって、しあわせってなに？〉
曲名及び歌手名不明。
あれは白昼夢だったのだろうか？
小刻みに震えてビブラートする、上手ではない誰かの歌声……。
でも魂にしっかり刻み込まれてしまった歌。

もしよかったら、その沈黙のひとしずくの中身をそっと教えてくれませんか？　愚弟」

「愚弟よ！　白山ヒルズはおまえさんに保証人になってもらって借りたマンションだよ……沈黙は沈黙だから、言いたくない（笑）……敢えて言うなら、あの部屋でひとりぼんやりした気持ちで書いたのかなぁ？　……詳しいことは言いたくないから聞くな！　ま、平凡に平和に過ごしているよ……とにかく現実的な話は苦手だから。この年になっても、ポエムみたいな話が好きみたい。現実逃避の相手には、かなりふさわしい姉でしょ（笑）……そういうこと！

歌が下手で、アルコールが全く飲めない悪姉より」

「今思い出しました。そんな大事な保証人のことも忘れてるなんて、ほんとどうかしてますね。どうも弟にはその頃の記憶にぽっかり空いた空白期間があるみたいです。愚弟」

「気にするな（笑）。誰だってマンションの名前なんて覚えてるわけないだろ。

私は、俗っぽい歌謡曲の作詞が一番自分に合ってたと思う。これは本当に、本当に、誰にも秘密だけど……『○×△』は、かなりヒットしたけど私の中でも大好きな歌かもしれない。愚弟にだけ言ってしまった！　秘密だよ。

神田川の〈ただあなたの優しさが怖かったぁ♪〉からヒントを得て、ぜんぜんジャンルが違うけどね……〈○○○○○○○○○○〜♪〉みたいに、ひらめく（笑）……優秀な弟よ！　おまえさんの仕事からみたら、全く申し訳ないほどいいかげんな手抜きの悪姉だけど……感謝と感性だけは錆びてないからね。」


「悪姉さん、『○×△』は、男を感情の海で溺死させるような危ない曲ですね。この歌の詞はまるで〈エロス〉そのものです。〈エロス〉は深遠すぎて凡庸な私には到底語れるものではないので、悪姉におまかせします。（笑）。

何十年も企業で仕事を続けていると人間の心は「ロゴス」という男性原理だけで動くようになるようです。〈ロゴス〉は〈エロス〉から遠ざかることで世界創造の解放行為をしようといつもあがいているのですが、そうなると女性的なこころを失い、それとともに自分の魂も失うようです。それは母殺しに等しいと、ある心理学者は言っています。

今の愚弟はそんな状態なのだと思うのですが、こうして悪姉さんとメールやりとりすることで、母殺しの罪から少しずつ救われるような気がしています。

魂が徐々に蘇生してくるようで、生きている意味を感じるようにさえなりました。

悪姉さんとの運命の再会？　に本当に感謝しています。おとうと」

「おはよう！　元気な弟の意味深いメールはかなり嬉しい！　太陽がキラキラ出てきたよ……感情の海に溺れないで異国のワインをほんの少しは飲めるようになったんだね（笑）……月日の流れは時としていい男、いい女をつくり、ピュアな心を生んでくれるよね……弟のメールで、幸せな気分になった悪姉より」

二三　湯島天神の梅の木の下

「ありがとう親愛なる弟！　そうかぁ……かなり忙しい日々を過ごしていたんだね。多分そうなんだろうと思ってメールをしなかったけど……数日前見た夢の中でおまえさんに〈どうせ私はしょせん、おまえさんの喉に引っかかった棘だったんだね……〉なんて文句を言っていたよ（笑）。おまえさんは横顔をしかめながら、水割りを飲んでいた。なぜかミスティンラブのカウンターで……とにかく忙しいのにメールありがとう！　弟よ、くれぐれも身体に気をつけて、それでも倒れそうになったら前に倒れるんだよ！　悪姉より」

「おはようございます悪姉さん、今週は中国に出張に行ってきます。倒れるときは前に倒れます。また現地からメールします。

月曜日のおとうと」

「月曜日の弟よ！
仕事、大変そうだね……中国行ってらっしゃい！　とにかく気をつけてね！　怖い国だから。このメールの返信はいらないからね……ご苦労様です！
弟よ、食べ物には気をつけるんだよ。
私はクーラーの部屋から、数日一歩も出ないので、体調がすぐれない。ごめん……心配するなよ……返事がないほうが気になるかも、と思ってまたメールするからね……。

悪姉より」

おそらく二六年ぶりの思いもよらない再会は、私にとってもそうであったように、彼女の「魂」をも呼び覚ましたのだろう。彼女の記憶からその思い出が堰を切ったように流れ出し、その後しばらく長文のメールが次々届いた。

「みんな愛しい私の思い出だけど……犬と言えば、トップの前のシェパードのブラックは今でも忘れられない悲しい思い出がある。当時の私は○○家の中では、孤独で寂しかったけど、犬たちのおかげで幸せだった。今だから確信を持って言えるけど、幼い私は外部の人たちには可愛がられていたと思う、その中で○○先生は特別だった、なぜか本能で先生の異常な可愛がりかたが嫌で嫌で、あるとき家にまで来て自転車で遊びに誘われたとき、困ってたらブラックがいきなりその先生に襲いかかって大怪我を負わせてねー。私はブラックが助けてくれたと思っていたけど小学生の私には何の説明もできなくてブラックはいなくなった。祖父は古賀さん家に預けたと、学校の先生に襲いかかるような犬は家に置いておけないからと。私は朝早く古賀さん家に行ったけど……夕方着いたということは、かなり遠かったんだろうね、ブラックはいなかった！　今思うと処分されていたんだね。先生のやましい気持ちを幼い私が説明できるわけもなく、今ほどそんな話題はメジャーでもなかったし、ブラックだけが私の嫌悪を本能で理解してくれていたと思う。私の身がわりになったんだよ。今でも思い出しては悲しくなる……奥さんが犬を飼うのに反対されるのを私は理解できる。私も亡くなったときは悲しくて、悲しくて、二度と飼わないと思うんだけど、いわゆるペットロスってやつ！　最低三日は全く食欲はなくなるし、人にも言いたくない。でもまた飼うんだよね……幼い頃からそうだった。今でも人間のドラマや実話ではどんな悲しいストーリーでも涙は出ないけど、動物が出てくるとヤバいよ！　福島の原発事故のときも残された家畜やペットの姿が一番切なかった。人間が一番苦労してるのはわかるんだけど、何もわからないまま置いていかれた家畜やペットのことを思うと涙が止まらない。私のトラウマだと思うけど……。鬼の目に涙（笑）ってこんなことなんだね。悪姉より」

「金曜日は三代目（おまえさんも知っているゴエモンと同じリス）のクーラーみたいなものをとりつけた籠を取りに行っただけ。前の晩にできたと電話があって、土曜日があまりにも暑くなりそうだったので……。私は人のためには動くことはないけど、しゃべらない相棒のためなら、自分が暑くてもとにかくガンバるみたい……昔から亡くなったときの悲しみを考えると二度と飼わないと思うんだけど、ダメなんだよねー。動物好きに悪い人はいないと言われてるけど……あれは嘘だね……私は善人じゃないもの（笑）。三代目はミルクから育てたよ。まだガキだから、ゴエモンみたいに部屋を走り回ったりまだできないけど……いかんせん毛皮を着てるから暑いだろうと思うと、いてもたってもいられなくてね……。そういうわけで、金曜日は特別で私はぜんぜん忙しくないから気にしなくていいからね！　しかし暑くなったね、熱中症には気をつけるんだよ。悪姉より」

「懐かしい思い出……私がリスを飼うようになったのは、初めは何と言っても住宅事情、その後は責任が持てないからの気持ち……だって毎日散歩に行けないし……その点リスはしぐさが可愛いし、何より楽だったからね……。最初に飼ったのは初めて独り暮らしを始めた頃、当時ポケットに五千数百円しか持ってないくせに三九〇〇円したから、ピンチって名前つけた……七年いて今は湯島天神の庭に眠っている、ゴエモンと一緒にね……もちろん不法滞在？　梅の木の下にいるよ……なんか八月は死の香りのする月だから（だって、広島、長崎、日航機墜落、お盆、終戦の日とセレモニーばかりでしょう）そのせいで、遠い昔のことをいろいろ思い出していた。三代目は超元気にしてる。

　なんかまたどうでもいいバラバラなメールになったけど、まだまだ暑い日が続くから、心身ともに大切にね……悪姉より」

「悪姉さん、今年はほんと異常な暑さですね。

　そういえば湯島天神にゴエモン埋めた話は昔たしかに聞いたと思う。正直言って、そのときは悪い冗談だと思ってた。昔から無茶やってたのと、決して善人ではなかったのは、誰よりこの弟が身をもって知ってますよ（笑）……しかし最近弟は、人間が本当に救われるのは善人によってではない、悪人によってこそ救われるのだと感じるようになりました。でも悪姉さんもそろそろ無茶はできない年齢なんだから、身体大事にしてください。

ところで年金なんかどうしてるんですか？　姉思いの心配症のおとうと」

「おはよう、そうだよね、私、年金なんか払ってないと思ってたけど……どうも国民健康保険と一緒に年金も知らないうちに引き落とされていたみたい。お店は青色申告会員だったから、公共料金とか家賃なんかはちゃんと書類見ないで引き落としの手続きをしてた。

お店と言えば、あの大家ひどくてね（笑）、二八年も、自分たち家族の家の水光熱費をお店のメーターに入れてたから私が払ってたみたい！　母の死で三ヶ月休んだときも何万も引き落とされていて気がついた。不動産屋の横尾さん、覚えてる？　林田君とおまえさんが別居（笑）するときに頼んだ人、その横尾さんが話し合いしてくれてたんだけど、病気で亡くなってね、結局面倒くさがりの私はそのままもらってない。私の不精は相変わらずだよ……たいしてお金がないわりには、支払いはせっかちにしないと気がすまない。払ってないと言われるのが一番嫌なもんで、そのくせどうも私の面倒くさがりはなおりそうにもない。先日も区役所から年金の受け取りの返事がないので、何歳から受け取りますか？　の電話に、気がついたら〈我が家には年金もらうような年寄りはいませんので、お気づかいしないでください！　いりませんから！〉と、本気で答えてしまった……なにを強がってるのか、わからん。てなわけで、区役所には行くつもりはないよ。何とか生きていけるっしょ（笑）……ごめんね……おまえさんが心配するから長々とよけいなことまで説明してしまった！　すまんおとうとよ！　おとうとは、たしか三一年△月生まれだったよね、たしか○×日だったと、この間から考えてたよ。」

二四　女と男の最後の友情

「みすず姉さん、おめでとうございます。今日は、忘れもしない悪姉さんの誕生日ですね。ちょうどまる二ヶ月ぶりのメールですが、お元気ですか？　元気ならおとうとは嬉しい限りです。私のほうはこの二ヶ月間、淡々と人生をやり過ごして浪費してしまいました。

何も進展せず八方塞がりといった感じです。そういえば先週、林田、村田、山下と会いました。相変わらずバカばっかり言ってましたが、どこも母親の介護が大変なようで、みんな私と同様に骨肉的な感情のこじれで悩んでいると知って驚きました。わかっていてもどうにもならない感情的な問題ですので、この話はもう止めます。

この一、二年考えたくないことがどんどん蓄積していきます。そろそろ人生の潮時ですかね、たまった問題を整理して、一気に片っ端から片付けたくなる衝動に駆られますが、現実はなかなかすっきりいかせてくれません。

折角のみすず姉さんの記念日、楽しい話もできずすみません。そのうち少しずつ空が晴れたら楽しい話ができると思います。今はただ、みすず姉の健康と幸せを心から願っています。

蠍座の悪姉さんへ、おとうと」

「ありがとう！　みんな懐かしい名前ばかりで、しばし若い気持ちになったよ……山下は口は悪かったけど、おまえさんのことを一番心配していた。この私にさりげなく説教してきた記憶がある（笑）。だけど全く憎めない奴で、おまえさんの友達の中では一番好きだったかも……会ったらよろしく伝えておくれ（笑）。ま、みんな年を重ねていい大人？　になったんだね、しみじみそう思う。おとうとよ！　あまり考えすぎるな。肩の力を抜いて、少しずぼらに生きたほうがいいよ……取り急ぎお礼ね……また落ち着いたらメールする。悪姉より」

「毎日仕事と忘年会シーズンで忙しい日々を送ってることと思います。昨夜弟の夢を見てメールしている（笑）。なぜかおまえさんがギターを持ってきて〈古いけど大切なギターだから預かって〉と。たしかに布で弾く部分がぐるぐる巻きにしてあったり、かなりアンティークなんだと私も納得して置いていたんだけど、ふと見たらゴエモンが、バリバリかじっているじゃないの！　私は慌てて止めたんだけど（どうしよう……あいつは左利きだし、どこにも売ってないだろうな～どうしようどうしよう）ってところで目が覚めた。マジで夢でよかった！　と思ったよ（笑）……ところで飲みすぎないようにね……身体にはくれぐれも気をつけてね。風邪などひかないように。悪姉より」

「悪姉さんの夢に出させてもらって光栄です。急に寒くなったけどお元気ですか。
昨日、悪姉さん覚えていると思うけど、会社の同期で何度かミスティンラブに連れて行ったことがある親友の田辺と忘年会をやった。今は会社やめて、いろいろ楽しくやっているようで元気でした。

今都内に向かっているのであまりたくさん書けません。先週瀧内に会ったのですが、みすず姉さんへメールしたけど返事が来ないと言ってました。メール来ましたか？　それではまたゆっくりメールします。仕事より真面目にメール書いてる愚弟より」

「瀧内にメールしたよ……松浦が会社では責任ある立場だって知ってるよね？　の文字を見て、まずスマンと思った。忙しい立場なのに……あんなにメールのやりとりをしてたんだと思うと申し訳ないと思った！　どんな無知な私でも、弟がどんな立場かぐらいはわかるよ。ごめん、おまえさんの肩書きを考えたこともなかったんだよね。知ったからって友情も心情も全く変わらないけど、忙しい時ばかりだろうからメールは無理するなよ……男と女を超越した絆で結ばれ、お互いを尊敬と感謝で思う関係は、この世で一番強いと思っている。場合によっては、男同士の友情よりも強いかもしれない。おとうとよ！　悪姉はそんな絆を誇らしく思っているよ。なかなか常識では到達できないらしいけど……ほれ、そこは私だから（笑）。仕事より真面目にメール書いてるなんて、悪姉にしか言ってないよね？　学生じゃないからさぼるんじゃないよ！（笑）」

「悪姉さんへ。忘年会も一段落して、ちょっと落ち着いたのでメールしてます。夢の話ですが、弟も一年ほど前にミスティンラブとみすず姉の夢を三晩たて続けに見たことがある。良い夢か悪い夢かと言うと、人生最高の良い夢だった。でも最近は本当に悪い夢を見ることがあります。自分が社会に出て生きてきた三〇年ほどがほとんど無意味だったと感じるような夢です。でもこうして悪姉さんと話をしていると心が落ち着きます、あの本郷の頃のように。

もう二度とあの頃に戻ることはできないけど、そして時間とは容赦なく過ぎ去るものだけど、でも同時にみすず姉とのほろ苦い想い出を宝石の原石のように変化させてくれた時間というものに、今はとても感謝しています。いつまでも長生きしてくださいなどという魂のない言葉は送りません、見栄っ張りで決して弱みを見せない悪姉には似つかわしくないので。おとうと」

「今年はおまえさんと再会？　できたことがいっとう嬉しく記念すべき年になったよ……まだまだ忙しいと思うけど……少し早いけど……どうか来年もおまえさんにとっていい年になりますように心から心から祈っています！　最良の友にして、私の愛しい弟へ。みすず」

そのメールをもらったとき、私は夢にも思っていなかった。
彼女がくれたこのメールが私たちの二度目の、そして最後の永遠の別れを告げるメールになるとは。

そんな中、何事もないかのような静寂の中で、二〇一五年が明けていった。

二五　永遠の別れ

「みすずさん、亡くなったよ……。さっき旦那さんから連絡があった、一週間ほど前らしい」

その突然の訃報を瀧内から聞いたとき、私の「意識」からは全てのエネルギーが流出し、空虚と化していた。

口をついて出てきたのは「えっ、嘘だろ……。なんで……」という魂の抜け殻のようなうわ言だけだった。

「心筋梗塞だったらしい、救急車で運ばれたけどダメだったみたいだ」

そしてご主人から聞いたという、彼女が亡くなる前日に海の中で溺れる苦しい夢を見たという話を伝えてくれた。

学生時代、あるとき彼女が私に、あこがれだと語っていたイザドラ・ダンカンの突然の死を連想させるような、いかにも彼女らしい死だと思った。

それは、彼女に対する私のいかなる権利も主張をも許さないとでもいうような、有無を言わせぬものだった。

あのとき私は、悲しんでいただろうか。

私の中のどこかで、「あぁ、これで全て終わったんだな」という、安堵にも似た私のものではないつぶやきが聞こえていたかもしれない。

二十数年前に完全に分岐して、永遠に交わることがないと思っていた二つの道が偶然重なり合った運命は、たしかに二人にとってこの上ない喜びだったに違いない。しかしその喜びが長くは続かないのだと私たちはどこかではっきりとわかっていた。

既に私たちの間には、取り戻すことのできないあまりに永すぎる時間が流れ去っていたのだ。

いずれ近いうちにそれは完結しなければならなかったのだし、それはどちらかの死によってしか完結し得なかっただろう。

そしてそれは、来るべくしてやって来たのだと思った。

しばらくして彼女の最期に寄り添ったご主人から告別式の案内状が届いた。ミスティンラブの常連で下宿組の瀧内と川野と私は連絡を取り合って、一緒に参列しようということになった。

一月の下旬のある土曜日の午後、その季節には珍しい冷たい雨が降りしきる中、それは本郷の路地をかなり入ったところにある少し古びてはいるが、由緒がありそうな曹洞宗の寺でとり行われた。

わずかばかりの彼女の東京の親戚も含めて一〇名程度が参列していた。読経の間、手持ちぶさたの瀧内と川野と私は、小さな声で遠慮がちに懐かしいミスティンラブ時代の彼女の思い出話をした。

告別式は淡々と進み、やがてお焼香が始まり、私の番になった。

ひとり前に進んで、学生時代に知っていた彼女の面影を残す遺影に向かったとき、私の「魂」は妙にふわふわとして何か違和感のようなものを覚えていたように思う。

自分がその場にそぐわない人間に思えたし、私がよく知っていた彼女自身もその場にまるでそぐわないように感じられた。

つまりそこには彼女はいなかったし、彼女は私がそこで最後の別れをするのを拒絶しているかのように感じられたのだ。

そう思うと何だか訳のわからない憤りの感情がこみ上げてきた。

「いいかげんな悪姉さん、おまえ、ちゃんと責任取れよな！」

何に対する責任なのか自分でもわからないまま、私は心の中でそんなふうに叫んでいた。


何とか落ち着きを取り戻して席に戻ると、彼女との想い出が一気に噴出してきた。青年期の陽の当たる坂道を希望に満ちて上っていこうとするその矢先、どういう巡り合わせか白山の五右衛門坂で出会い、私と彼女はそこから真っ直ぐでない人生の廻り道を歩み始めることになった。やがて青年期を過ぎて結婚適齢期になった頃、私は自分勝手な都合でその廻り道から逃亡し、自分の「意識」から完全に締め出したはずだった。しかしこの不思議な廻り道は五〇代半ばを過ぎる頃になって、再び私の進む道に偶然にも交叉してきて、夏の終わりの花火のように一瞬パッときらめいて、やがて永遠に消え去ることになったのだ。

そして私は、「この不思議な廻り道は一体どのような目的で、何のために私の人生に巡り戻ってきたのだろう」と考えていた。

もし彼女に責任を取らねばならないことがあるとするなら、それはその問いに答えることだっただろう。しかし彼女は何も答えることなく逝ってしまったのだ。


ひとしきり式が終わると、私たちはロビーのようなところに集まり、精進落としの軽い食事をした。

様々な彼女の思い出が飛び交っていたように思うが、もうその内容に興味は覚えなかったし、既にそこにいたのは私には関係のない彼女であるように感じていた。

しかし最後のほうで私はご主人から、私の知らない驚くべき事実を聞かされた。彼女がその一〇年余り前に、府中の三億円強奪事件を扱った小説を世に出し、それが数十万部も売れて、映画化もされたことを初めて知らされたのだ。

その小説は彼女と同名のみすずという女子高生が、白バイ警官に扮して三億円を奪という筋書きなのだが、彼女から教えられて既にその小説を読んでいたらしい瀧内が、その感想をご主人に話し始めた。

「主人公のみすずが現金輸送車を襲った事件当日の描写ですけど、特に白バイの後ろに引っかかったブルーのシートの顛末なんかあまりにもリアルすぎて……。みすずさんよく、あんなふうに書けましたよね」

学生時代から彼女をよく知り尽くしていた彼は、合理的で事細かな現実描写を矛盾なく小説の中で創作した彼女に、違和感のようなものを覚えていたのかもしれない。なぜなら彼女ほど感情的で情緒的な、そして何より直感的な女性はいないのであり、彼女はいつも現実の時間と空間を一足跳びに飛び越え、その現実の出来事の下に隠された意味やその過去や未来を感じ取る能力には長けていたが、一方で普段から、現実の出来事そのものをつぶさに事細かく捉えて説明するような性向には乏しく、そんな彼女にあんなにリアルで忠実な現実描写の創作が、できるとは思えなかったからだろうと思う。それに何より彼女は、そんな面倒で回りくどいことが一番嫌いだったはずなのだ。

当然彼女のことを誰よりも知り尽くしているご主人も、そのように感じていたのかもしれない。その小説のことを知らず黙って聞いているしかなかった私も、その場に漂っていたそんな感じ方に十分共感できていたように思う。

そんな彼女のことを知り尽くしていた私たちの心に、あのときふと、ある突拍子もない可能性のことが気の迷いのようによぎったとしても、誰も私たちのことを責めることはできなかっただろう。

だがその後すぐに、「でもまさかそんなこと……ないよね……」という空気が漂って、私たちはしばらく言葉を失っていた。それはちょうど学生時代、あのクリスマスの深夜に彼女がミスティンラブに戻ってきて、当時誰もが知っていた有名な俳優Ｈ氏の忘年会に呼ばれて行ってきたんだと、私たちに告げたときの空気に少し似ていたかもしれない。だがあのときとは違って、もうそこには彼女はいなかったのだ。

最後に瀧内が礼儀正しく、「今日は、学生時代から大変お世話になったみすずさんとの最後のお別れをさせていただき、本当に感謝しています」と締めくくったが、私は彼女が書いた小説のことだけが妙に気になっていた。

おそらくあのときからだろうと思う、私の「無意識」の奥深くに、二七年もの間封じ込められていたあの記憶の扉が少しずつ開き始めたのは……。

二六　蘇る一九八八年一二月一一日

告別式は全て終わり、私は寺の門を出たところで、会社の役員車で来ていた瀧内と上野に向かうと言っていた川野に別れを告げ、再会を約した。

そして私は本郷三丁目の地下鉄の駅に向かって一人歩いて行った。しばらく人気のない本郷の狭い路地を歩いていたと思う。もうそろそろ本郷通りに出ようと思い、私がとある十字路を左に曲がろうとすると、そこには樹蔭館と表示された古びた洋館が建っていて、その前に一本の楠の大木が聳え立っていた。

私がその建物の名前はこの大木の蔭のことを指しているのだろうか、と思いながらふと見上げると、その常緑樹の枝葉越しに、いつの間にか雨上がりの灰色の冬空が広がっていた。

そのときだった。

突然、その大木の枝葉たちが一斉に、ザワザワと騒ぎだしたのだ。

あれは風だったのだろうか？

今思い出してもあのときの現象を風という表現で説明し尽くすことができない。

あの瞬間の私の感覚を言葉で写しとったなら、それは冷たい動く空気、冷たい生命の吐息、あるいは寒けのするような亡霊の吐息とすら言えるものだっただろう。

その感覚は私自身のものでは決してなく、どこからか入り込んできたゾクッとさせられるものだった。

そしてその瞬間私は、たしかにそこに彼女がいるのだと感じていた。

彼女のプネウマが、精神としての彼女の霊魂が、あの懐かしい彼女の息づかいが、そう、あの白山を去る最後の日、彼女の部屋で背中越しに感じていた彼女のたしかな息づかいが、煙のような微細な物質となって漂い、私を取り巻いてまるで何かを伝えようとするかのようだった。

もしかするとあの瞬間彼女は、私たちの不思議な廻り道の意味と目的について、何かを伝えようとしていたのかもしれない。

その楠の下で、どれほどの時間を過ごしたのだろう。

いつの間にか風はそのざわめきをやめていた。

そこでふと我に返ったとき、突然ある記憶が蘇ってきたのだ。

それは二七年もの間、私の無意識というこころの最深部に閉じ込められたままでいた、彼女との最後の府中へのドライブの記憶だった。それはあまりに不可思議で信じがたい現象に思えた。人間に特定の記憶を二七年間完璧に封じ込めるなどという能力が与えられているのだろうか。

たしかにあれはミスティンラブに行った最後の日、一九八八年の一二月一〇日の土曜日だったはずだ。その次の日の日曜の未明から、私たちはいつもと違って初めて新宿のほうへ向かい、甲州街道を府中までドライブしてファミレスで食事をしたはずだった。帰りに彼女は甲州街道から突然外れて、国分寺街道に入り、明星学苑前の交差点を左に曲がって、刑務所のような高い塀を左に見ながら……。

次々にあのときの記憶が鮮明に蘇ってきた。

そこで私の「意識」は、それ以上深入りするのはとても耐えられないとでもいうように急停止したようだった。そして目の前に飛び込んできた懐かしい本郷通りの風景が、その突然の記憶のフラッシュバックを私の「意識」から追い出し、綺麗に洗い流したかのように思われた。

次の日の日曜日、なぜだろうか、私は朝からもやもやした感じがしていた。二六年ぶりの再会のメールが始まったとき、なぜ彼女は自分が書いた小説のことを私に教えなかったのだろうか、私が心から喜んで祝福するとわかっていたはずなのに。そしてやはり、あの府中へのドライブのことが頭に残っていた。そうして私は、彼女の書いた小説をすぐに読んでみようという気になったのだ。

二日後に届いたその本のポップで色鮮やかな表紙に惹かれながら、夢中で読み始めた。

そして主人公のみすずが、白バイに乗って現金輸送車を待ち伏せに行くくだりを読み終えたとき、私の「意識」は混乱し始めた。

なぜあの府中での私たちの最後のドライブ、小説が世に出るはるか一四年も前のあのドライブの経路とぴったり重なっているのか。

彼女はあの私たちの一九八八年一二月一一日のドライブを覚えていて、後になってたまたま小説に書いたとでもいうのだろうか。

でもあのときたしかに彼女は、「大丈夫よ、ここ何度も来たことあるから。ちょっと国分寺跡まで行ってみたくなったの」と言ったはずだ。

なぜだ、なぜあの日、彼女は私を府中へ連れて行ったのか。

しかもそこは勝手知ったる自分の庭であるかのように。

「もしかして、本当に彼女は……」という考えが浮かんでは消えていた。

私の「意識」はらせん状にグルグルと回りながら、深い闇に吸い込まれていくようだった。

最後には、公に記録された客観的な事実という、確固たる根拠にすがりつきたいという思いに突き動かされて、気がつくと「府中三億円事件」とパソコンに打ち込み、検索していた。

　そして次の瞬間、それは全ての謎を溶解させた。

　そこには最初に、次のように記述されていた。

『府中三億円事件（さんおくえんじけん）は、一九六八年（昭和四三年）一二月一〇日朝、東京都府中市で金融機関の現金輸送車に積まれた約三億円の現金が白バイ警察官に扮した男に奪われた窃盗事件である。

　一九八八年一二月一〇日をもって、除斥期間の経過により損害賠償請求権も消滅し、完全な時効が成立した。』

二七　神話となって、全ては消えゆく

彼女が急逝してからまた七年ほどが過ぎ、二年前私は四〇年勤めた企業を退いた。今私は、彼女とともに歩んだ不思議な人生の廻り道が、記憶の中で徐々にその姿を変えながら、私の人生の意味と目的へと変容することを強く求めだしているのだと感じている。

一九八八年一二月一一日の未明、あの府中刑務所の高い塀をともに見ながら走っていたとき、そして私が縁談の話を彼女に告げたとき、彼女のわずかに動いた口元は何を物語ろうとしていたのか、その答えを知ることは永遠にないだろう。何も言わず彼女は、その答えを神のもとに持ち去ってしまったのだから。

しかしもし、あの事件の全ての時効が成立した直後のあのとき、彼女がこの世界で誰かに真実を物語ることができたとするなら、それは私をおいて他にあり得なかったのだという信仰のようなものについて、私は今でもひとかけらの疑いも持っていない。

なぜなら私たちはあの瞬間に至るまで約一〇年もの間、分かちがたく同じ道を歩いていたに違いなかったからだ。

もしあのとき私が自分の縁談の話を一瞬でもいいからためらったなら、そしてあの事件の真相について少なくとも何かを知っていたに違いない彼女が、ともかくも全ての時効を迎えたあのとき、ともに人生を生きようと強く私に訴えたなら、私たちはもう一つの別の分岐した宇宙に突き進んでいったのだろうか。しかし宇宙とは無数に分岐しながら同時進行していくものだし、もう今となってはどちらでもよかったのだ。

なぜなら人間は永遠に、自分が生きたただ一つの宇宙と、自分が生きる可能性があった他の宇宙の結果の善し悪しを比較することができないからだ。

人間の「意識」はいつも、何とかして運命から逃れようともがくものだが、反面人類の悠久の歴史が創り上げたその「魂」は「運命を受け容れよ」と命じているように私には思われる。そして人間は、運命というものを愛するのでなければ生きられないのだ。

はるか昔、キリスト教から異端とされた原始キリスト教の一派であるグノーシス派の人々は言ったそうだ。

「人間はかつて犯したこともない罪から救われることはできない」と。

あのとき、縁談の話を告げた私に彼女が絞り出すようにして、「よかったね……しあわせにね……」と言ったとき、彼女が一瞬見せた敬虔なマリアのような横顔は、そのように罪を犯したものだけがその罪から救われることで、神から赦された表情だったのかもしれない。

そしてあのとき、私の頭上からも惜しみなく降り注がれていたその赦しの恩寵は、私の全ての罪さえも浄化しようとしていたのかもしれない。

あの瞬間たしかに、彼女とともに人生の廻り道を生きたという体験は、神話という横顔を覗かせていたのだ。

人間は誰でも、自分自身の人生に一瞬交叉してくるような、そんな神話を見出すために生きているのだと思う。その瞬間こそ、神に祝福された人生最高の、「魂」との聖なる結婚と誕生のときなのだ。

そのとき人間は生まれて初めて、叫ぶことができるだろう。

「私の人生はこの瞬間のためにあったのだ!」と。

国家や民族の栄光などは取るに足りない。そのような個人に赦された栄光の瞬間に現れる感情こそ、歴史上、神と名付けられたものの最もふさわしい正体に違いないのだ。

そのような神の経験など何かの勘違いに過ぎないのだと、いかに多くのはたから見ている他人が喚いてみたところで、意に介する必要はない。なぜなら、その神が経験という事実となった瞬間、その経験が神の絶対的存在とやらを他人に押し付けない限りは、いかなる批判も受け付けない完全無欠性を獲得するからだ。


彼女とともに歩んだ不思議な廻り道の体験が、そのような栄光に満ちた神話として完結するかどうかはわからない。しかしいずれその体験に真の意味と目的が与えられ、神話というものに昇華されるという希望の光を遠くに見ながら、これから私はその過程を、彼女に対するその追悼の過程を歩んでいこうと思っている。

彼女の謎と愛に満ちた、意味深い言葉を思い出しながら。

そうしてやがて、全ては無となり消えゆくだろう。

あの本郷で生きた私たちの青年期の、色彩や不思議な優しさで飾られていた世界とともに。

そして何より、あの府中で消えた三億円とともに……。

「負けたね……本当に悔しい！　でも、仕方ないね……。

沈黙のひとしずくが広大な海に流れたら海は泪であふれるのだろうか……一九八八年一二月に創作した詩の一部を思い出した。お仕事ご苦労様です。悪姉より」

二八　最後の夢

この物語を全て書き終えたとき、たしかに私の心は無条件の愛のようなもの——それを宗教的回心と表現するのはあながち間違いではないだろう——に限りなく近づいていたのだと思う。

しかしばらくして私は、ある種の危険な、「魂」の喪失とでも言えるような状態に陥るようになった。それはこの物語を書き上げるという私の意識的な、「魂」との共同作業の中で、その「魂」との間に生じた避けがたい不和としか言いようのないものだった。

やがて気がつけば日々身近な人々に接する中で私の「意識」は、まるであの『クリスマス・キャロル』のスクルージのように、嫉妬や蔑みや偏見や憎悪といった、不快で否定的な感情だけにまとわりつかれるようになっていった。

最も光に近づいていた私の心が、まさにその光に触れようと伸びきったその瞬間に、恐ろしい反動で深い闇に引き戻されたかのような感覚だった。

そう、私は突然、人生最良の折り合いをつけつつあった自分の「魂」に裏切られたのだ。それは、自分が神に似ているとでも言い出しかねない私の膨れ上がった「自我意識」に対する、「魂」の反乱だったのかもしれない。

結局私は、黄昏どきの沈みゆく太陽に手を合わせ、静謐な祈りを無心で捧げる、『十牛図』第七の牧人のようにはなれなかったのだ。

そんな自我崩壊しそうな不安と敗北感が続いていたある夜、その最後の夢は訪れてきた。


彼女は既に年老いてしまっている。今日は彼女が最後の記念に、久しぶりにミスティンラブを開ける日のようだ。今まで見たこともない広い店のカウンターの中になぜなのだろう、妻と私の三人の姉が入って微笑んでいて、私や親しかった会社の同僚たちと一緒に皆で彼女がやって来るのを待っている。しばらくして彼女が見覚えのあるあの店の扉を開け、入ってくるのが見えた。

久しぶりに見る彼女の顔は昔とそれほど変わらず、明瞭でいきいきとしていて驚く。あまりの懐かしさと切なさで、私は思わず膝をつき彼女と向かい合う。しかし男女の感情はまるで感じられない。突然私は、何がおかしいのかまるでわからないが、彼女との過去の全てがおかしくておかしくてたまらなくなり、笑いだす。私ではなく私の「魂」が勝手に笑っているようだった。彼女も一緒に笑っている。

その笑いは、神がこの物語の最後に二人に与えてくれた最高の労いのようだった。しかし、しばらくすると突然、その笑いは深い哀しみに変わった。

今までに経験したことのない、「魂」を鷲掴みにされ押し潰されるような哀しみだったが、私は全てから解放されたように彼女と肩を抱き合って泣いていた。

私の哀しみは自分の泣き声でますます暴走し自己増殖するかのようだったが、それはとても心地よく、まるで私の「魂」をきれいに洗い流してくれるようだ。

ここで突然、場面が変わった。

私は広くうす暗い、レトロな映画館の中に座っている。

前のほうの席にまばらに人が座っている。どうやら大学時代の友人、瀧内や川野や加賀や林田たちが座っていて前方の映画を見ているようだが、誰も私のほうを見てはいない。

私は左隣に彼女がいるような気がして、ふと横を見た。

そこにはあの懐かしい彼女の横顔があった。

彼女と一緒に映画を見るのは、あの上野のひっそりとした映画館で見た『ひまわり』以来だ。

私たちは何もしゃべらず、ただ映画を見ていた。

やがて映画は一旦終わり、また次の映画が始まったようだった。ふと辺りを見渡すと、既に横には彼女の姿はなく、いつの間にか大学時代の友人たちもいなくなっていた。私は彼女が最後に、別れを告げに会いに来てくれたのだろうと感じていた。

私は一人きりになり、やがてその私すらもいなくなっていくようだった。

気がつけばそこは、現実なのか心の中の出来事なのかわからないような現象が映像となって次々に流れていく、誰一人おらず誰も見ていない映画館になっていた。

全てが闇の中に吸い込まれ、消えていくようだったが、私はちょうど学生時代、彼女のより深い闇によって守られていたときのような安らぎを覚えながら、その闇の中に本当の不可逆的な光があるのだと感じていた。

するとそのときだった。まだほの暗い中で、上映の終わりを告げる映画館のアナウンスの声がはっきりと聞こえてきたのだ。

それは私たちのこの物語の最後を美しく飾る、心地よい慰めの言葉では決してなかったが、あたかも人間の生の本質を問うスフィンクスの難問に答えようとする、ほのかな微笑みを湛える顔が浮かんで見えるような言葉だった。

『もはやおまえにできることは何もなく、おまえの相談にのれる人も誰もいない。その絶望と孤独こそがおまえの魂の最高の滋味なのだ。

やがて回帰してきた魂が、おまえにこう告げるだろう。

人間の「意識」は永久に、その目的に到達するのが半秒遅すぎるのだと。
もしおまえがそのことを本当に正しく理解するなら、やがておまえは、
我なる自然の御許で日々を生きる喜びに感謝するようになる。
そうして最初の一頁目をめくるようにして、
おまえの最後の、新しい魂の物語が始まるだろう。』
少し間を置いて、その声は本当に少し笑いながら、優しげに私に話しかけてきた。
そしてふと気がつくと、それはいつの間にかあの懐かしい彼女の声に変わっていた。
「ねぇ松浦、知ってる？　そのおまえさんの新しい物語に描かれるのは、
人間が太古の昔からやってきた、ごく普通のことだけなんだよ。

この世界が寄ってたかって、そんな普通のことをどんなにやりづらくしようとしてもね。」

参考文献

『元型論』 C・G・ユング 林道義訳 紀伊國屋書店

著者プロフィール

松浦 要蔵（まつうら ようぞう）

1956年生まれ
東京都在住
東京大学工学部卒業（1980年）

世田谷ビジネス塾（読書会）会員
(https://www.facebook.com/groups/setagaya.biz.juku)

著書に『―ユングと共に生きる―「人生の午後」』（2022年、文芸社）がある

「神話のメモワール」―僕は神話の横顔に触れたのかもしれない―

2023年9月15日　初版第1刷発行

著　者　松浦 要蔵
発行者　瓜谷 綱延
発行所　株式会社文芸社
〒160-0022　東京都新宿区新宿1－10－1
電話　03-5369-3060（代表）
03-5369-2299（販売）

印刷所　株式会社フクイン

ISBN978-4-286-24486-0　JASRAC 出 2303393－301